케냐의 별

케냐의 별

아프리카 오지에서 맺은 아주 특별한 인연

탄하 지음

조계종
출판사

지극한 일념이 결국 산을 옮긴다

"우리가 학교를 지으면 교육은 그들이 알아서 할 수 있어야 합니다.
그들에게 농사짓는 법을 가르쳐 자립할 수 있도록 도와야 합니다.
그들에게 불교를 알리려고 하지 말고 그들의 문화를 존중해야 합니다."

은사이신 태공월주 큰스님께서 해외 구호사업을 펼치시면서
설하신 행원입니다. 아이들을 도우면서 굳이 포교하지 말라 하
시며 그곳의 문화를 존중해야 한다고 말씀하신 대목에선 지극
한 배려의 마음이 읽힙니다. 이 자리, 은사스님의 원력과 가르
침에 따라 이역만리 케냐에서 5년 동안을 머무르며 버둥거리는
맨땅에 희망의 잎맥을 피어 올린 총무원 재무부장 탄하 스님의
노고에 종단을 대표하는 총무원장으로서 고마움을 표하고자
합니다. 그러한 역경의 과정이 한 권의 책으로 엮어서 나오게
된 인연공덕을 수희찬탄합니다.

탄하 스님은 비구니로서 종단의 재무행정을 관장하고 있기

도 하지만, 중앙승가대학교를 졸업한 뒤 오랜 세월 관장으로서 의성노인복지관을 원만하게 이끌었습니다. 그러한 경력으로 세상의 벼랑을 성큼 내디뎌 지구촌공생회 케냐 지부장으로 취임해 오지마을에 학교를 세우고 아이들을 교육시켰으며, 오염된 대지를 한겹 한겹 걷어내어 곳곳에 펌프를 설치하고 깨끗한 물을 먹을 수 있도록 했습니다.

제가 법문을 할 때 자주 인용해 쓰는 고사 중 하나가 우공이산愚公移山의 발원입니다. 우직하고도 지극한 사람이 한 우물을 파 결국은 어려운 일을 성취한다는 의미입니다. 탄하 스님이 케냐에서 일군 아름다운 바라밀 역시 우공이산의 주인공과 같다고 할 수 있습니다. 스님이 케냐 오지에서 일군 것은 자비행의 실천이었으며 공덕의 성취였습니다. 아름답고도 지극한 스님의 이야기가 이렇듯 마음 끝 모서리까지 환하게 밝힐 책의 보자기에 담겼습니다. 그 속에 움튼 자비와 나눔의 실천행이 모두의 어깨에 화창하게 걸려 세상을 밝히는 꽃대궐을 이루길 발원합니다.

대한불교조계종 총무원장 원행

별은 빛을 잃은 적이 없다

케냐의 별은 대한민국 여느 산사에서 보는 별과 다르지 않습니다. 세계 어느 곳에서 보건 항상 밝았던 바로 그 별입니다. 구름에 가려 보이지 않던, 보는 방향에 따라 빛이 덜하건 간에 빛을 잃은 적은 단 한 번도 없었습니다. 별빛은 모두에게 깃들어 있는 희망이며 불성佛性과도 같습니다. 5년이란 세월을 이역만리 케냐에서 보낸 탄하 스님의 삶 하루하루가 바로 밤하늘을 밝게 비추던 그 별이지 않을까 생각합니다. 깨끗한 물을 공급하기 위해 오지마을 구석구석을 다니며 우물을 파고 물을 끌어와 밭을 일구어 토마토와 배추를 심고 아이들과 함께 부대끼면서 공부하고 뛰놀고 밥을 먹는 매 순간순간, 스님의 삶은 결코 빛을 잃은 적이 없기 때문입니다.

결코 짧지 않은 세월 동안 구름에 가려 희미해졌을 때도 있고, 등지고 외면한 사람들로 인해 외톨이가 된 적도 있었을 것입니다. 그러나 스님의 별이 빛을 잃은 적은 없습니다. 그래서일 겁니다. 일기처럼 진솔하게 써 내려간 《케냐의 별》을 읽노라면 행원行願이란 말이 자연스레 떠오릅니다. 2,000일 가깝게 있었던 케냐에서의 하루하루가 별과 같이 반짝반짝 빛나고 있어서입니다. 어느 날엔가는 고통스럽고 포기하고 싶었을 때도 많았을 겁니다. 그럼에도 스님은 결코 포기하는 법이 없었습니다. 당신의 품에 있던 자비의 빛으로써 케냐의 오지와 그곳 사람들을 능히 품어 안았습니다. 부처님께서 새벽녘 깨달았던 그 순간을 비춘 별빛과 같이 케냐의 그늘진 곳을 온전히 비추었습니다.

전기가 끊기는 것이 오히려 좋을 때도 있다면서 스스로를 위로하던 대목에선 스님의 자비로움이 읽혀져 사경하듯 적어봅니다.

"전기가 끊겨 당장 무슨 일이라도 생기면 어떡하나 당황하던 순간도 있었지만 차라리 잘된 일이다. (…) 부처님께 기도를 드릴 때가 바로 그렇다. 그럴 때면 침침한 방안에서 합장하고 부처님 앞에 선다."

당황하던 순간이 오직 내 목소리뿐인 세상, 온전히 부처님을 향할 수 있는 세상으로 바뀐다는 대목에선 스님의 지극한 마음이 보입니다. 이 책을 읽는 모든 이들이 부처님을 향한, 나 자신을 귀하게 대하는 지혜를 깨달을 수 있기를 바랍니다.

전국비구니회장 본각 합장

이곳에 온전히 나를 머물게 하리라

나는 그곳에서 가슴 저리게 배우고 새겼다. 제때 먹을 수 있는 것과 제때 공부하는 것과 제때 치료받는 것이 얼마나 소중한가 를, 몸서리치게 깊고도 지극하게 깨달았다. 검은 피부의 유난히 맑은 눈을 가진 케냐 오지의 아이들. 그들은 우리나라에서는 아주 평범한 일상일 수 있는 먹는 것과 공부하는 것과 치료받는 것이 너무나도 특별한 혜택이었다. 이역만리 케냐의 여느 마을에서 이러한 것들은 너무나도 특별한 혜택(?)이 아닐 수 없음에 온몸에 있던 힘이 빠져나가곤 했다.

그래서 마음먹었다. 잠깐 머물렀다가 떠나는 여행이 아니라 이곳에 온전히 나를 머물게 하리라. 그렇게 머물면서 온전히 나를 내려놓고 그곳 사람들과 함께 살아보리라. 그렇게 발원하고 나눔을 실천했다. 제때 교육받지 못하는 아이들과 충분히 먹지 못하는 아이들과 사랑받지 못하는 아이들의 곁에 있으리라 마음먹었다. 그러한 마음으로 5년이란 세월을 피부색도 얼굴 생김도 언어와 관습도 틀린 그들과 가족같이 지냈다. 깨끗한 물을 마실 수 있도록 정성을 더 했고 밭을 일구어 씨앗을 파종할 수 있게 도왔으며 아이들이 책을 읽고 쓸 수 있는 공간을 만들어 가는 과정의 버팀목이 되었다. 그러면서 아주 작지만 희망이란 걸 꿈꿀 수 있었다. 그들에게 작은 변화들이 감지됐기 때문이다.

12년간 복지관에서 일한 경험을 귀하게 여겨 케냐에서 그곳 사람들과 행복한 공간을 만들고, 행복한 농사를 지을 수 있고, 행복하게 공부할 수 있게 도와주신 지구촌공생회 이사장 월주 큰스님과 대한불교조계종 총무원장 원행 큰스님께 깊이 감사 드린다. 그 어디에서건 월주 큰스님께서 발원하셨던 세 가지 보배로운 가르침을 항상 새기면서 살아갈 것을 다짐하면서 이 책으로 말미암아 더욱 많은 불자님들과 우리 청년들이 해외에서 자비공덕을 쌓을 수 있기를 희망한다.

2021년 새해를 맞이하며
탄하 합장

| 차례 |

3. 생명의 우물

4. 인키니 농장

1.
가자, 케냐로

케냐Kenya는 동아프리카의 공화국으로 수도는 나이로비이다. 키쿠유족, 루히야족, 루오족, 칼렌진족, 캄바족, 마사이족 등 여러 민족으로 구성되어 있어 각각 다른 언어를 사용하며 공용어는 영어와 스와힐리어이다. 면적은 세계 47위로 582,646제곱킬로미터이다. 인도양 해변 측은 낮은 평지가 있으나 내륙에는 고지대 산맥과 고원이 있다. 고지는 아프리카에서 가장 성공적인 농업지대이다. 해안 지방은 무더운 열대 기후이며 내륙 지방은 건조하다. 케냐-탄자니아 국경 지방에 킬리만자로산이 있기 때문에 그 일대는 서늘하다. 케냐는 남반구에 있기 때문에 북반구 나라들과 여름과 겨울의 날씨가 바뀌어서 나타나 6~8월이 겨울이다. 케냐의 겨울은 눈이 내리지 않고 영하로 떨어지는 경우도 거의 없다. 일교차가 심해 새벽과 밤에 매우 쌀쌀하게 느껴지며, 낮에는 바람이 차갑게 느껴지는 정도이다. 이 시기에는 모기도 많이 없으며 적도에 있지만 연평균 기온이 16도이다.

유럽 여행

2002년 독일 모 대학에서 유학하고 있는 사형 영공 스님을 만나기 위해 은사스님을 모시고 독일을 방문했다. 이국땅에서 공부하는 사형을 응원하고자 하는 목적도 있었지만, 한편으로는 넓은 세상을 경험해보고 싶었다. 인천공항을 이륙한 비행기는 흰 솜뭉치를 펼쳐놓은 것 같은 구름 위를 날다가 때로는 아무것도 없는 파란 허공을 가로질렀다. 비행기가 잠시 고도를 낮춰 비행할 때는 사람들이 사는 마을과 우거진 숲과 풀밭을 오가는 가축들까지 훤히 보였다. 비행기는 한참을 날아 독일 프랑크푸르트 공항에 착륙했다. 마중 나온 영공 스님과 반가운 재회를 하며 며칠간 독일에서 머물렀다.

영공 스님과 헤어진 후 우리 일행은 프랑스로 이동하기 위해 버스에 올랐다. 본격적인 유럽 여행이 시작되었다. 버스는 시내를 돌아 베를린역 근처에 정차했다. 일행과 떨어져 화장실을 찾던 나는 저만큼 앞에서 걸어오던 흑인 청년들을 보았다. 그때부터 난데없이 가슴이 두근거리고 긴장감이 들었다. 검은 피부의 건장한 청년들이 조금씩 내 앞으로 다가오고 있었고 나는 이유도 없이 잔뜩 움츠러들었다. 이대로 저 사람들을 지나쳐도 될까, 혹시 저 사람들이 내게 어떤 위협을 가하지는 않을까 하는 마음도 들었다. 마음속에서 알 수 없는 불안과 머뭇거림이 교차하는 동안 흑인 청년들이 내 곁을 지나갔다. 그들은 너무도 자연스럽게 스치듯 내게서 멀어졌고 내게는 아무 일도 일어나지 않았다. 승복 입은 내 모습이 흑인 청년들 눈에 띄었을 텐데 그들은 단순한 호기심조차 보이지 않고 자기 갈 길로 갔다. 무엇 때문이었을까? 나는 왜 이유 없이 그 사람들에게 두려움을 느꼈던 것일까.

한 달 동안 유럽의 이곳저곳을 여행하며 낯선 풍경과 마주했다. 이국적인 디자인의 건축물, 다양한 피부색을 가진 사람들, 세계에 널리 알려진 명소와 박물관, 유물 등 어느 것 하나 허투루 보이지 않았다. 그러면서도 내 머릿속에는 문득문득 베를린역에서 마주쳤던 흑인 청년들이 떠올랐다. 나는 스스로 많은 질문을 던졌고 결국 단 하나의 질문만 남았다. 무엇 때문에 나는 그 사람들에게 두려움을 느꼈던 것일까. 나와 다른 피부색을 가진 사람이 그들만은 아니었는데 나는 유독 검은 피부를 가진 그 청년들에게 두려움을 느꼈다. 그들이 내게 말이라도 한 마디 걸었다면 능숙하지 못한 외국어를 핑계로 움츠러들었다고 변명할 수 있었을 텐데. 내게는 눈길 한번 주지 않고 자신들의 길을 가던 그들을 두렵고 불편한 존재로 만들어버렸다. 혼자서 질문과 대답을 이어가는 내내 나는 마음이 불편했다.

유럽 여행을 끝내고 한국으로 돌아온 후에도 나는 편견에 가득했던 내 행동을 곱씹어보았다. 나는 왜 그랬을까. 나는 무엇 때문에 그렇게 옹졸한 생각을 하고 있었을까. 삼천대천세계를 보았다는 부처님, 그 부처님 법을 공부하는 내가 겨우 그 정도의 인간이었던가. 피부색이 다르다는 이유만으로 그 사람들을 부정적인 존재로 의식하고 있었다니, 이해할 수 없는 편견에 사로잡혔던 모자란 나를 깨부수기 위해 언젠가는 그들을 만나러 떠나리라 마음먹었다.

아프리카 여행

2012년 드디어 아프리카 여행을 떠났다. 10년 전 유럽을 여행한 후 세상에 대한 편견을 없애기 위한 여행을 하겠다고 나 자신과 했던 약속을 지키게 된 것이다. 마침 의성에서 10년 넘게 노인복지관장으로 재직하며 일과 생각에 무뎌져갔기에, 새로운 변화가 필요한 시기였다. 짐을 꾸리고 함께할 도반들과 비행기에 올랐다. 그때까지도 내 마음속에는 아프리카에 대한 막연한 두려움이 남아 있었다. 검은 대륙, 가난한 나라, 거친 사람들, 오랜 내전에 시달려 희망이 없는 땅, 현대문명과 동떨어진 곳 등 정확하지 않은 정보와 선입견을 간직한 채 아프리카를 향했다.

그럼에도 보츠와나와 짐바브웨를 여행하면서 나는 아프리카 대륙에 푹 빠져들었다. 사람들에게 익히 들었던 아름다운 자연뿐 아니라 그곳에서 살아가는 사람들에게서도 매력을 느꼈다.

사람들 틈에 섞여 여행하면서 자연스럽게 그들이 사는 모습, 하는 행동도 이해할 수 있게 되었다. 그것은 특별한 계기가 있어서도 아니고 누군가의 설명에 의한 것도 아니었다. 그저 내 마음속 깊은 곳에 뿌리내린 편견의 시작점을 발견하게 된 것이다. 그것은 어릴 때 무의식적으로 내 생각 속에 뿌리내린 편견이었고 그것이 단단하게 굳어져 두려움으로 남은 것이었다. 편견은 무지에서 비롯된다. 상대를 잘 알지 못했기에 생긴 편견과 오해는 그들의 생활을 가까이서 지켜보며 사라졌다. 마주치면 먼저 웃으며 인사하는 사람들에게서 이방인에 대한 거친 공격성은 느낄 수 없었다. 그들의 눈빛과 태도는 낯선 사람들에 대한 호기심과 관심 그 이상도 이하도 아니었다. 피부색이 다르고 언어가 다른 그들은 아직 가난에서 벗어나지 못했지만, 그들은 가족을 사랑하고 이웃과 함께 살아가는 공동체 정신을 중시하며 사람들을 만나면 천진하게 웃으며 다가오는 친절한 사람들이었다.

우리는 여러 날 동안 아프리카를 여행했다. 하루는 잠비아 국경지대에서 한 무리의 청소년들을 만났다. 그날 우리가 만난 아이들은 본드를 흡입하고 있었다. 약에 취해 몽롱한 상태인 아이들이 우리 버스에 매달렸다. 눈이 풀려 초점을 잃고 간신히 몸을 가누는 아이의 등을 만져주면서 생각했다. 내가 가서 저 아이들의 어깨를 만져줄 수 있으면 좋겠다고. 그때는 새까만 얼굴에 제정신도 아닌 아이들이 무섭지 않았다. 오히려 이런 환경에 태어나 제대로 먹지도 교육받지도 못하는 아이들의 현실에 뜨거운 연민이 느껴졌다. 얼마나 힘드니, 그래 네 마음을 알겠다. 어느새 나는 한국말로 그 아이에게 말하고 있었다. 그런 내 마음을 아이도 알았을까. 슬며시 아이가 웃음을 지었는데 눈빛이 순해 보였다. 그 순한 눈빛을 보면서 아이의 등을 쓰다듬고 손을 잡았을 때 가슴 깊은 곳에서 뜨거운 기운이 솟구쳐 올라왔다. 나는 생각했다. 언젠가는 다시 이곳에 오리라. 잠깐 들렀다 가는 여행이 아니라 이곳에 머물며 온전히 나를 내려놓고 이곳 사람들과 함께 살아보리라. 제때 교육받지 못하는 아이들과 충분히 먹지 못하는 아이들과 사랑받지 못하는 아이들에게 도움을 주리라 마음먹었다.

교육은 인간의 삶을 바꿀 수 있는 중요한 요소다. 또한 교육은 지금보다 나은 미래를 만들 수 있는 발판이 되고 스스로 변화할 기회를 만든다. 가난과 질병에 신음하는 아이들의 미래를 바꿀 수 있도록 이곳에 와서 작은 힘이나마 보태리라.

떠날 준비

여행에서 돌아와 아프리카로 갈 수 있는 방법을 본격적으로 알아보았다. 그곳으로 가려면 무엇을 준비해야 할까 생각하면서 책도 보고 NGO에 대한 것도 알아보았다. 가장 늦었다고 생각하는 그때가 가장 빠른 때라는 말이 있다. 하지만 현실적으로 당장 떠나는 것은 어려웠다. 맡고 있던 노인복지관 관장 일을 정리하려면 최소한 2년이 필요했다. 변함없이 12년째 활동해온 일에 공백이 생기면 안 된다. 어르신들은 복지관에 오면 '오, 즐거운 나의 인생'이라는 표정으로 즐겁게 프로그램에 참여해 활동하고 있다. 그분들을 행복하게 하는 일도 아프리카에 가는 일 못지않게 중요하다.

나는 한 발 뒤로 물러나야 했다. 아무리 좋은 일도 다른 사람에게 피해를 주면서 할 수는 없었다. 대신 남은 시간 동안 떠날 때를 대비해 철저히 준비하자.

아프리카로 갈 것을 마음으로 결정하고 내가 후원하던 지구촌공생회 문을 두드렸다. 송월주 이사장 스님과 지구촌공생회의 활동은 잘 알고 있었지만, 그때부터는 내가 할 수 있는 일이 무엇이 있을까 더 많은 관심을 두었다. 틈틈이 영어 공부를 하며 케냐로 나갈 준비를 했다. 닥치면 된다더니 그토록 진도가 나가지 않던 영어 공부에 성과가 나기 시작했다. 다음에는 고기 먹는 연습을 시작했다. 열악한 현지 환경에서 지부장이 채식만을 고집하면 여러 어려움이 있을 것 같았다. 출가 후 20년 넘게 입에 대지 않던 고기를 먹자 배탈이 나서 고생을 많이 했다. 말 그대로 고기 맛을 배우던 시간이었다. 건강검진을 받고 체력 증진을 위해 운동도 꾸준히 했다. 그런 중에 간염 검사를 해보니 면역항체가 만들어지지 않았다는 것을 알았다. 주사를 맞으며 항체가 만들어지기를 기다려야 했지만 케냐로 떠나기 전까지 항체는 만들어지지 않았고 나는 그 상태에서 출국했다. 결국 나중에는 간 건강이 좋지 않아 고생을 많이 했다. NGO 일원으로 활동하는 일은 나 개인의 문제일 뿐 아니라 소속 단체, 국가의 명예와도 관련된 일이니 모든 면에서 철저하게 준비하고 나가야 현장에서 실수를 줄일 수 있고 건강도 지킬 수 있다.

그렇게 마음을 먹고 부지런히 준비하고 있었지만 가끔은 아프리카로 가려는 결심이 흔들리거나 포기하게 될까 봐 걱정스러웠다. 아무리 굳게 다짐을 해도 주변 환경, 건강 문제, 국내 활동의 필요성 등을 이유로 주저앉게 될까 봐 염려가 되었다. 그래서 만나는 사람들에게 내가 먼저 아프리카로 가겠다고 말했다. 그렇게 해놓으면 적어도 말만 앞세우는 사람이 되지 않기 위해 약속을 지킬 수 있을 것 같았다. 거기에 좀 더 확실하게 하기 위해 이사장 스님을 찾아갔다. 그때 스님께서는 이미 80세에 가까웠는데도 정말 건강해 보였다. 과연 세계 여러 곳을 오가는 활동가의 면모를 한눈에 알 수 있는 모습이어서 존경심이 우러났다.

"아프리카에 일반 자원봉사자로 가겠습니다."

말씀을 드리자 이사장 스님께서 케냐 지부장을 제안하셨다.

"12년간 복지관을 운영하면서 쌓은 경험과 노하우가 있으니 분명 잘하실 거예요."

그날 스님께서 보내주신 신뢰는 내게 더없는 힘이 되었다. 스님은 내게 다음의 세 가지를 당부하셨다.

- 우리가 학교를 지으면 교육은 그들이 알아서 할 수 있어야 합니다.
- 그들에게 농사짓는 법을 가르쳐 자립할 수 있도록 도와야 합니다.
- 그들에게 불교를 알리려고 하지 마세요. 그들의 문화를 존

중해야 합니다.

스님께서 말씀하신 당부 중 첫 번째와 두 번째는 충분히 공감할 수 있었다. 그 사람들을 위해 우리가 학교를 지어주지만 교육 내용은 그들에게 맞게 할 수 있게 하고, 농사 기술을 전해 경제적으로 자립할 수 있도록 하는 것이 진정으로 그 사람들을 돕는 일이라는 생각이 들었다. 그런데 세 번째, 포교하지 말라는 당부는 조금 아쉬운 생각도 들었다. 하지만 지구촌공생회(Good Hands)는 종교를 초월해 세계 인류가 '다 함께 살자'는 모토를 내세운 단체라는 사실을 생각하면 그것은 당연하였다. 스님의 말씀을 명심해야 한다. 자칫 나의 믿음을 앞세우려다 불필요한 문제를 일으킬 수도 있을 것이다. 조심, 또 조심, 나를 내려놓고 그들이 원하는 일, 그들에게 필요한 일을 할 수 있어야 한다. 그곳으로 가면 그들에게 정말 필요한 '좋은 손'이 되리라. 내가 아프리카로 가는 것은 그들을 돕기 위해 가는 것이지, 나의 종교적 신념이나 문화를 그들에게 이식하기 위해 가는 것이 아니다. 학교를 짓고 농사 기술을 전수하고 우물을 파 더 많은 생명을 살리고 그들이 더 행복해질 수 있도록 도와야 한다.

케냐 국민의 대부분은 기독교 신앙을 가지고 있다. 2014년 당시 케냐에 나가 있는 우리 교민은 약 1,500여 명에 달했는데 그중 선교사가 700여 명이라고 했다. 기독교 외에 불교, 가톨

릭, 원불교도 국제협력개발기구의 일원으로 NGO 활동을 하고 있었다. 그곳에 유일한 비구니인 나, 활동하는 종교인을 단순하게 비교하면 700대 1이 되는 것이다. 물론 실감할 수 없는 수치일 뿐이었다.

피부색에 대한 편견을 없애겠다고 다짐했고 아프리카로 떠나기로 마음먹은 지 2년이 되었다. 아프리카 국경마을에서 만났던 아이들의 모습은 여전히 내 가슴에 남아 있었다. 보현보살의 실천행을 떠올리고 관세음보살보문품 기도도 했다. 내가 할 수 있는 실천행은 무엇일까. 아프리카에는 많은 선교사들이 봉사를 하고 있다는데, 나도 테레사 수녀가 되고 이태석 신부가 될 수 있다. 테레사 수녀의 삶은 존경스러웠다. 종교는 달랐지만 수녀님은 보현보살의 화신과도 같다는 생각이 들었다. 그렇지 않고서야 어떻게 그렇게 많은 사람의 아픔을 한결같은 마음으로 살필 수 있었을까. 나도 모든 사람의 아픔을 안아주는 것을 수행으로 삼아보자. 푸근한 사랑을 나누는 것으로 수행을 삼아보자.

도움이 필요한 사람들에게 내가 할 수 있는 최선의 노력을 다하겠다는 보현보살의 원력을 새기며 주변 정리를 하는 동안 아프리카로 떠날 날은 하루하루 다가왔다.

가자, 케냐로

의성에서 복지관을 떠날 때 어르신들과 직원들이 송별회를 해주었다. 그동안 함께했던 활동을 사진과 영상으로 만들어 보여주었는데 정말 많은 사업을 했고 보람 있는 일도 많았다. 그 십년이 넘는 역사를 영상으로 보는 동안 콧등이 찡했다. 바쁜 틈틈이 연습해 사람들에게 들려주었던 플루트 연주, 부처님오신날 봉축 행사, 음악회, 김장 프로젝트 등 다양한 활동을 함께했던 직원들과 신도들, 봉사자들의 얼굴이 영화 필름처럼 지나갔다. 정들었던 분들과 헤어지는 아쉬움이 밀려왔지만 새로운 시작에 대한 기대 또한 컸다. 섭섭한 마음을 정리하며 '지금까지와 다를 게 뭐야, 나는 다만 수행처를 옮기는 것뿐이야' 하며 스스로를 다독였다. 그렇게 하루하루 출발 날짜가 다가왔다.

사람은 혼자 살아갈 수 없다. 그것을 잘 알기에 우리는 서로

'윈윈'하자는 말을 한다. 운명공동체라는 말도 같은 맥락을 가진 말이다. 말은 시대를 나타내는 징표이기 때문에 무심코 하는 말속에는 시대의 염원이 들어 있다.

보츠와나, 짐바브웨 등 아프리카 여행을 마치고 2년이 지난 2014년 7월, 드디어 지구촌공생회 케냐 지부장이 되어 나는 비행기에 올랐다. 대한민국 의성에서 케냐의 카지아도를 향해 출발했다.

입국심사대

비행기는 꼬박 14시간을 날아 나이로비 국제공항에 도착했다. 새벽 4시. 낯선 땅에 도착하기에는 너무 이른 시간이었다. 예상했던 대로 입국심사대 앞에 서자 긴장이 되었다. 출국하기 전까지도 내내 짧은 영어 실력을 걱정했는데 드디어 올 것이 왔다. 짐을 살펴보자고 시비를 걸면 어쩌나, 긴 대화를 요구하며 질문을 하면 그때는 또 어떻게 대답을 해야 하나 안 해도 되는 걱정을 미리하며 심사대에 섰다. 키는 크고 눈은 빨갛고 이는 유난히 하얀 사람이 내 눈앞에 버티고 있었다. 마치 거인처럼.

"~핑거~?"

그의 영어 질문은 어쩌나 빠르던지, 오직 한 단어, '핑거'만이 귓전에 맴돌았다. 뭐라고? 핑거? 앞에 말을 전혀 알아듣지 못한 나는 눈을 동그랗게 뜨고 그 사람을 바라보았다. 그가 또다시 말했다. "~핑거." 아, 눈치껏 요량을 하니 손가락을 대라는 거였다. 지문을 찍으라는 말을 못 알아듣고 어리둥절한 채 서 있는 내 모습이 우습게 보였는지 그가 조금 신경질적인 반응을 보였다. 여권 한번 보고 내 얼굴 보고, 그러다 다시 여권을 앞뒷면으로 부지런히 넘기던 그 사람이 또 말했다.

"텐 핑거."

짧고 강한 말투였다. 나는 그제야 정신을 차리고 지문검사기에 열 손가락을 나란히 올려놓았다. 그가 또 퉁명한 목소리로 물었다. 여행 목적은 무엇인지, 얼마나 머물 것인지. 한 고비를 넘기고 긴장이 풀려서인지 영어 몇 마디가 선명하게 귀에 들어왔다. 이번에는 조금 여유 있는 표정으로 여행을 목적으로 왔다고 말하니 두말하지 않고 심사대를 통과시켜 주었다. 걱정했던 것보다 비교적 수월하게 심사대를 통과했다. 그런 중에도 나는 또 생각했다. '저 사람이 새벽이라 너무 지쳐서 그런가. 듣기로는 매우 까다로운 질문도 하고 시간도 길게 끈다고 했는데 이렇게 쉽게 통과시키다니. 오늘 나는 정말 운이 좋구나. 앞으로 케냐에서의 생활이 지금처럼 행운으로 이어지면 좋겠어.' 이제 다른 걱정할 것 없이 밖으로 나가 지부에서 나온 직원을 만나면 되는 거였다.

케냐의 추위

서울을 떠날 때는 7월 말이었고 무더위에 접어드는 때였다. 아프리카 날씨하면 으레 더울 거라는 선입견을 품고 있었다. 더구나 출발할 때 날씨가 여름이다 보니 다른 것들은 꼼꼼히 챙겼으면서도 막상 입고 가는 옷에 대해서는 깊이 생각하지 않았다. 얇은 승복만을 입은 채 비행기에서 내렸다. 차가운 밤공기가 뼛속까지 스며들어 맨살에 소름이 돋았다. 추위도 너무 추웠다. 몇 걸음을 옮기는 동안 매서운 추위에 떨면서 지구촌공생회 직원과 했던 통화를 생각했다.

"스님, 등산화 가져오세요. 아카시아에 옷이 찢어질 수 있으니 두꺼운 옷을 가져오세요."

분명 춥다는 말은 안 했는데, 두꺼운 옷을 준비하라고 했지만 한여름에 떠나오면서 아프리카가 추울 거란 생각은 결코 하지 못했다. 그 옷은 커다란 캐리어에 차곡차곡 담아 수하물로 보냈으니 당장은 어쩔 도리가 없었다. 지금쯤 가방은 수하물 검사대를 통과하고 있겠지. 가방만 찾으면 제일 먼저 두꺼운 옷을 꺼내 입어야지. 머릿속에는 온통 두꺼운 옷, 추위를 물리쳐 줄 따듯한 옷 생각뿐이었다.

케냐의 첫 관문인 입국심사를 무사히 통과했으니 짐만 찾으면 별 걱정이 없겠지. 시간 맞춰 지구촌공생회에서 직원이 나온다고 했으니 안심해도 되겠지. 추워서 떨리는 몸을 진정시키려고 애를 썼지만 소용이 없었다. 가방을 찾으러 가는 내내 이가 덜덜 부딪쳤다. 한국에서는 아무리 추운 한겨울에도 이토록 추위를 느껴본 적이 없었다. 언제든 계절에 맞게 대비를 하고 살았으니, 사실 추위가 무엇인지 겪어본 적도 없는 것만 같았다. 나중에 알고보니 케냐는 남반구에 있기 때문에 7월 말은 케냐의 겨울이었다. 기온은 한국의 11월에 해당하는 정도였으니 그날 내가 느꼈던 추위는 당연하였다. 그날, 한여름 옷을 입고 늦가을의 새벽공기 속을 걸었으니 추워도 너무 추웠다. 춥고 낯설었던 나이로비의 새벽, 가방을 찾아 나오니 약속대로 한국 직원이 기다리고 있었다. 부처님 만난 것처럼 반가운 마음으로 인사를 나누었다. 덜덜 떨고 있는 내 모습을 본 직원이 의아한 얼굴로 물었다.

"스님 추우세요?"

지수, 그날 이후 나의 입과 귀가 되어준 한국인 직원과의 첫 만남이었다. 지수 생각에 분명 두꺼운 옷을 준비하라고 했는데 홑겹의 여름 승복을 입고 나타난 내가 이상해 보였을 것도 같다. 가방을 찾으면 가장 먼저 옷을 꺼내 입을 생각이었지만, 짐은 어마어마하게 많았고 어서 밖으로 나가야겠다는 생각에 옷 갈아입을 생각은 까맣게 잊고 있었다.

공항 밖에서 택시기사와 인사를 하고 짐을 실었다. 그런데 택시 안도 춥기는 마찬가지였다. 오들오들 떨며 앉아 있는 내가 안돼 보였는지 지수가 자신의 숄을 풀어 어깨에 둘러주었다. 아, 이토록 고마울 수가. 도착하자마자 신세를 지게 되었다.

로드 킬

택시는 아무것도 보이지 않는 칠흑 같은 어둠을 뚫고 계속 달렸다. 밖은 나무 한 그루도 보이지 않는데 택시기사가 무심한 듯 말했다.

"길옆에 하이에나가 치어 죽었다."

정말일까? 내 눈에는 아무것도 보이지 않는데 택시기사 눈에는 무엇이 보인다는 건지. 방금 도착한 내가 어둠 속에서 무슨 일이 일어났는지 죄다 알 수는 없었지만, 기사가 공연히 내게 겁을 주려는 건가 하는 생각도 들었다. 이곳에서는 동물들이 도로를 가로지르다 사고를 당한다고 했다. 로드 킬, 어둠 속을 달리던 동물들은 거대한 자동차에서 쏟아지는 불빛에 놀라 그 자리에 멈추어 서고 만다. 때로는 달리던 속도 때문에 자동차에 그대로 추돌하기도 한다.

아무것도 보이지 않는 들판을 1시간 반가량 달려 지구촌공생회 지부가 있는 카지아도에 도착했다. 거대한 철문 앞에 덩그러니 짐을 내려놓고 택시가 떠나갔다.

사방을 둘러보았다. 먼 들판과 맞닿아 있는 하늘에 붉은 기운이 번지고 시간은 오전 6시를 향하고 있었다. 그 모습이 내가 아프리카 케냐에서 처음 맞는 일출 풍경이었다. 그 후로 나는 이른 시간 잠에서 깨면 너른 평원 동쪽에서 피어오르는 오렌지색 아침 해를 바라보곤 했다.

거리는 온통 쓰레기투성이었다. 누군가 일부러 쓸어 모아놓은 것처럼 많기도 많았다. 이따금 바람에 날린 비닐봉지들이 허공을 맴돌다 맥없이 아래로 떨어져 내렸다. 돌풍에 휩쓸려 올라갔던 것들이 한꺼번에 추락하듯이 쏟아져 내렸다. 비로소 낯선 땅에 서 있다는 것을 실감하였다. 눈앞에 버티고 선 높은 철 대문은 영화에서 본 감옥의 대문처럼 위용을 자랑하며 닫혀 있었다. "우리 안전을 위한 거예요." 지수가 말했다. 집을 둘러싼 담장에는 가시철망이 둘러 있고 전기까지 흐른다고 했다. 불현듯 잊고 있던 낯선 땅, 낯선 사람들에 대한 두려움이 살짝 고개를 들었다. 지수가 전화를 걸자 안에서 직원이 나와 그 큰 철 대문을 열어주었다. 드디어 케냐 지부에 첫발을 들여놓았다.

부처님을 모시고

나의 방은 지부 가장 안쪽이다. 도착해 짐을 풀면서 제일 먼저 부처님을 모셨다. 온갖 것들이 들어있는 가방, 어둠 속에 갇혀 있던 부처님을 가장 환한 곳, 문을 열면 언제든 변함없는 모습으로 나를 맞아주실 곳에 모셨다. 시방세계 어디든 부처님 계시지 않은 곳이 없다지만 이 먼 땅에까지 부처님을 모셔왔다. 누군가 물을지도 모른다. 마음속에 부처님이 늘 계시는데 굳이 거기까지 모시고 갈 이유가 있느냐고. 하지만 누가 뭐래도 부처님은 언제나 나와 함께 계실 분이다. 케냐로 오기 전부터 이 부처님은 어디든 나와 함께 했다. 우리는 영원한 동반자니까. 공부하고 수행하는 동안 간혹 용기가 꺾여 마음이 약해질 때, 좋은 일이 있어서 행복이 충만할 때도 나는 부처님 앞에 서서 기도했고 수없이 절했다. 주변을 정리하고 몸과 마음을 청결하게 하고 케냐에서의 첫 기도를 올렸다.

부처님, 부족하지만 마음을 다해 사람들을 만나겠습니다. 가벼운 입을 앞세우지 않고 육체노동에서 물러서지 않겠습니다. 상구보리 하화중생의 원력을 세우신 보현보살의 행원을 실천하겠습니다. 마하반야바라밀 마하반야바라밀 마하반야바라밀.

짐을 풀라던 직원들이 아침밥을 차려주는데 반찬도 없이 피클뿐이다. 나는 가져간 반찬을 꺼냈다. 오랫동안 이국땅에 머무는 직원들은 오랜만에 집밥을 먹는 기분으로 장아찌며 젓갈을 먹었다. 이제 정리할 것은 여러 종류의 씨앗이다. 넓은 농장이 있고 지부에 텃밭도 있으니 채소를 심어 자급자족할 생각이었다. 출가해서 은사스님을 모시고 살 때도 산속 암자에 살 때도 절에는 늘 텃밭이 있었다. 때맞추어 씨를 뿌리고 잡초를 뽑고 잎이 커가고 꽃이 피고 지는 것을 보는 기쁨은 생활의 활력소였다. 수확할 때가 되면 아낌없이 주변 사람들과 나누던 기쁨을 이곳에서도 느끼고 싶었다. 그때처럼 배추와 무, 상추, 들깨 등 푸른 잎 채소들을 심으면 꽃이 아닌 채소가 초록색 정원을 만들어줄 것이다. 향기는 없어 나비나 벌들을 불러오지는 않겠지만 간소한 식사 때면 직원들과 싱싱한 채소를 마음껏 즐길 수 있으리라.

나는 여직원 셋과 한 집에 살게 되었다. 넓지 않은 집에서 조용히 살기 위해서는 나름의 질서가 필요하다. 식사 당번, 청소 당번을 정해 할 일을 분담했다. 각자 생활 리듬이 있지만, 서로를 배려하기 위해 활동 시간도 정했다. 예를 들면 밤 9시 이후에는 되도록 공동생활 구역을 이용하지 않기로 했다. 때로는 아주 작은 일 때문에 사이가 멀어지기도 하니까 그런 점을 생각해 최소한의 규칙을 정한 것이다. 조금씩 새로운 곳에서의 생활도 안정을 가져오기 시작했다.

사람은 내 손으로 무언가를 할 때 많은 것을 스스로 깨우칠 수 있다. 음식을 직접 만드는 사람만이 계절에 따라 어떤 작물이 나오는지, 어떤 채소가 꽃을 피우는지 알 수 있는 것처럼. 잡초를 뽑아본 사람만이 어떤 땅이 기름지고 그 땅속에 어떤 곤충들이 사는지도 알 수 있다. 생김이 어떻든 그 자리에 존재하는 것들을 소중한 존재로 인식하고 예경하기 위해 마음을 쓰고 몸을 쓰고 정성을 들여야 한다.

'부처님, 오늘 부처님을 모시고 새로운 자리에 앉았습니다. 소망과 발원이 흩어지지 않도록 함께해주세요.'

새로운 일터

2년을 준비했으니 웬만한 것은 걱정할 일이 없을 것만 같았다. 지금 생각해보면 무슨 근거 없는 자신감이었는지. 짐을 들여놓고 지부 사무실로 들어갔을 때 가장 먼저 들었던 생각은 집무실과 숙소가 한곳에 있구나 하는 것이었다. 낯선 곳에서 먼 곳으로 출퇴근하는 것보다야 편안하겠지만, 좁은 공간에 여럿이 생활해야 하니 서로를 배려해야 할 점도 많다는 뜻이다. 그러나 수행자에게는 한 평의 좁은 공간이라도 내게 주어진다면 감사할 일이다.

케냐를 지원하기 위해 세계에서 몰려든 국제기구나 NGO들은 주로 수도인 나이로비를 중심으로 몰려있기 때문에 멀리 떨어진 농촌지역과 오지에 대한 지원활동은 상대적으로 뒤떨어져 있다. 이런 점을 고려해 지구촌공생회는 극빈 지역인 카지아도주에서 사업을 추진하고 있다. 이는 인도주의적 지원을 올바르게 배분하고 수혜 범위를 넓히기 위한 것이다.

지부에 도착한 나는 한동안 밖에 나가지 않았다. 현장에 나가기 전에 업무를 파악하기 위해서였다. 지부에는 직원과 자원봉사자, 현지인 매니저들도 있다. 크든 작든 조직을 이끄는 데 나 혼자 할 수 있는 일은 거의 없다. 주어진 일을 무리 없이 해나가려면 전체 업무를 파악해야 하고 일의 경계도 세세히 알아야 했다. 높은 담장 안 지부 사무실에서 쌓인 서류를 살피고 현지인들의 업무 현황도 살폈다.

지수는 식수 사업과 학교 관리를 맡고, 소원은 농장 지원을 맡았다. 완성된 학교는 세 곳이었고 이사장 스님의 팔순 기념학교인 태공초등학교는 기초공사만 해놓은 상태였다. 서류를 확인하고 활동 내용을 보고 받는 동안 일주일이 열흘이 보름이 지나갔다. 지부 사무실에서 서류를 검토하다 답답한 마음을 달래려고 대문을 나섰다가 깜짝 놀라 발을 멈춘 것이 여러 번이었다. 낯선 곳에 섣불리 나설 용기가 생기지 않아서였다. 솔직히 말하면 잠깐이었지만 좀 무서웠다. 하지만, 바깥 세계가 궁금해서, 그 넓은 초원과 야생동물과 학생들이 공부하는 학교가 궁금해서 더는 참을 수가 없었다. 이제 현장 모니터링을 하러 학교에도 가고 농장에도 갈 때가 되었다. 자, 현장으로 Go-Go.

2.
뜨거운 교육열

지구촌공생회의 교육지원 사업은 지구촌 10만 명 어린이들의 꿈을 키워주기 위한 희망의 학교건립으로 시작되었다. 케냐에는 2010년 엔요노르 영화초등학교를 시작으로 2016년 인키토 만오중고등학교까지 모두 5개 초중고등학교를 건립하였다. 학교를 건립한 후에는 교육환경 개선과 운영지원에도 힘쓰고 있다. 지붕도 없는 학교에서 흙바닥에 앉아 공부하던 아이들에게 깨끗한 교실과 책상과 의자를 준비해 주었다. 또한 아이들은 책과 학용품은 물론 급식을 통해 최소한의 배고픔까지 해결할 수 있게 되었다. 특히 형편이 어려운 아이에게는 자립 기반 마련을 위해 아동 결연 후원도 하고 있다. 그토록 공부하고 싶었던 아이들의 꿈이 이루어진 것이다. 이곳 카지아도주에는 5개 학교와 부설농장에서 약 1,108명의 아이가 공부와 농사 체험을 하며 함께 성장하고 있다.

초등학교 모니터링

엔요뇨르 영화초등학교는 케냐의 수도 나이로비에서 남동쪽으로 90킬로미터 정도 떨어진 곳에 있다. 100가구 700여 명의 주민이 목축업에 종사하는 마사이족 마을에 지구촌공생회는 영화초등학교를 지었다. 무조건 지원하는 것이 아니라 마을 발전을 위해 스스로 참여하고 노력할 수 있는 계기를 마련했다.

지부에서 2시간 30분을 달려 엔요뇨르 영화초등학교에 도착했다. 학교는 정규 수업을 끝내고 방과 후 교실 프로그램을 운영 중이었다. 방과 후 프로그램은 아이들의 재능을 발견하고 오후 시간을 뜻있게 활용하기 위해 운영하는 것이다. 운동장 한쪽에는 오자미 던지기 놀이를 하며 노는 아이들이 있다. 또, 보이지는 않지만 어디에선가는 전통음악을 연습하는 아이들도 있다. 마라톤 강국답게 마라토너를 꿈꾸는 아이들이 모여 달리기 연습도 한다. 농장에는 농사기술을 배우는 아이들도 있다. 수업을 마친 아이들은 모터 펌프 앞에 줄을 서서 집에 가져갈 물을 담는 모습도 보인다.

교장 선생님은 나를 보자마자 점심 급식비가 모자라니 도와달라고 한다. 방과 후 수업으로 농사짓는 일을 배운 아이들이 농작물을 판 수익금으로 점심 급식 사업을 하는데 부족하다는 것이다. 저학년 아이들은 옥수수죽 한 컵을 받아서 먹고 4~6킬로미터를 걸어서 집으로 간다. 고학년 아이들은 강낭콩과 옥수수를 섞어 소금과 버터에 삶은 것을 먹는데 껄끄러워서 잘 넘어가지 않아도 맛있게 먹는다. 아이들의 마른 팔과 다리를 볼 때마다 음식이 넘쳐나는 한국을 생각한다. 케냐에서는 대부분의 아이들이 학교에서 먹는 급식 외에는 따로 먹을 것이 없다. 학교 농장에는 양파와 토마토, 시금치(우리나라의 근대), 케일 등을 재배하는데, 언제쯤이면 급식만이라도 자립할 수 있을 만큼 수확량이 늘어날지 고민이다. 학교에서 먹는 점심 한 끼만이라도 배불리 먹어서 집으로 보내면 좋을 텐데.

뜨거운 교육열

오래전 〈부시맨〉이라는 영화가 상영된 후 아프리카 사람은 모두 부시맨이라고 생각했던 적이 있다. 건조하고 너른 평야 한가운데 선 남자가 날아가는 비행기를 경이로운 눈빛으로 보던 풍경이 오래도록 잊히지 않는다. '부시'는 이곳 말로 '숲속'이라는 의미다. 영화 속 부시맨이 그랬듯이, 숲속 마을은 세상과 제대로 소통할 수 없는 곳이다.

어느 나라나 그렇듯 케냐의 교육 당국도 많은 정책을 세우고 재정적 지원도 한다. 그러나 도시에서 멀리 떨어진 이곳 숲속 마을 학교에는 중앙정부의 여러 정책과 노력이 제대로 전달되지 못한다. 어디서부터 무엇 때문에 그런 일이 생기는지 정확히 밝힐 수는 없지만, 결과적으로 이곳 사람들은 중앙으로부터 소외당하게 된다. 그렇다고 해도 그것에 대해 별다른 대책을 세울

수도 없다. 이곳 사람들이 잘 쓰는 '하쿠나마타타', 다 잘 될 거라는 말은 효력이 사라진 죽은 말일 뿐이다. 사람들은 그저 형편이 되지 않으니 아이를 학교에 보내지 않거나 보내더라도 집에서 멀리 떨어진 학교에 보낼 수밖에 없다. 그런 숲속 마을에 지구촌공생회에서 학교를 짓게 되자 사람들은 진심으로 기뻐했다.

오래전 한국이 경제적으로 어려울 때 우리 부모들이 그랬듯이곳 부모들도 학구열이 높다. 의식주를 해결하는 것도 벅찬 사람들이 아이를 학교에 보내기 위해 많은 애를 쓴다. 어떤 부모들은 사무실로 찾아오거나 지역 조사를 나간 우리에게 학교에 다닐 수 있도록 도와달라며 부탁을 하기도 한다. 가난한 사람들은 배움에 용기 내는 일이 쉽지 않다. 학교에 다닌다고 해서 당장 빈곤을 해결할 방법이 생기는 것은 아니기 때문이다. 그런데도 가난한 부모들은 학교로 향하는 발걸음을 멈추지 않는다. 그것은 아이의 미래가 지금보다 나아지기를 바라는 부모의 간절한 마음 때문이다. 그러나 그들의 뜨거운 교육열에도 불구하고 나를 회의에 빠지게 하는 일들이 자주 일어난다.

케냐의 초등교육은 의무교육이다. 하지만 정부의 교육정책은 이 지역까지 고르게 미치지 못한다. 중앙정부의 행정력과 운영예산이 중간에 증발해버리기 때문이다. 목 빠지게 기다리던 택배 상자가 다른 곳으로 배달되는 것처럼 이곳에서는 정책예

산마저도 배달 사고가 일어난다. 케냐에는 정부 교사가 턱없이 부족하다. 그런 상황에서 시골 학교까지 정부 교사가 오는 데는 몇 가지 문제가 있다. 첫째는 정부 교사를 채용할 때 교사들이 생활할 사택이 있어야 하는데 시골 학교에는 그만한 시설을 마련할 수 없다. 두 번째는 교사가 부임하면 정부에서 인건비를 지급해야 하는데 정부에서는 그런 돈을 보내주지 않는다. 할 수 없이 시골 학교에서는 부족한 교사를 채우기 위해 학부모 교사를 채용하는데 이때 인건비는 학부모들이 책임지는 시스템으로 운영된다. 이런 어려운 상황에서 가끔은 교장 선생님이 운영비와 후원금을 횡령해 우리가 뒷목을 잡게 하는 불상사를 일으키고, 어린 여학생 중에는 원하지 않는 결혼과 임신으로 학교를 그만두기도 한다. 뜨거운 교육열과는 어울리지 않는 아이러니한 현실 앞에서 나는 가끔 외치고 싶다. 나, 한국으로 돌아갈래!

학생 음악 페스티벌

케냐 정부는 전국에 있는 학생들을 대상으로 음악 페스티벌을 개최한다. 전통음악에서 현대음악에 이르기까지 장르는 다양하다. 각 학교의 학생들은 1, 2차 지역 예선과 3차 권역 예선을 거쳐 전국대회에 출전하는데, 최종 우승팀에는 대통령상이 주어질 정도로 규모가 큰 대회다.

영화초등학교 학생들과 경연대회에 참석하기 위해 버스를 타고 이동한다. 아이들 눈에는 버스 창문으로 보이는 모든 것이 신기하다. 도시에 자주 나갈 수 없는 아이들에게 이번 여행은 오랫동안 잊지 못할 추억이 될 것이다. 넓은 들판을 지나 복잡한 시내로 들어서자 아이들의 눈동자가 분주해진다. 자동차와 사람들로 활력이 넘치는 거리, 높은 빌딩, 새로운 풍경을 구경하는 아이들은 친구들과의 수다도 잊고 도심 풍경에 빠져 있다.

여학생들은 푸른색 드레스에 붉은 바지를 입는데 위아래 모두 반짝이는 비즈와 장신구로 멋을 낸다. 남학생들은 붉은 전통의상을 입고 다리에 장식을 단다. 앞 순서가 모두 끝나고 기다리던 우리 아이들이 실력을 보여줄 차례다. 긴장된 표정으로 무대를 향해 가는 아이들이 걸음을 옮길 때마다 찰그랑찰그랑 소리가 난다. 노래를 부르는 아이들의 몸이 서서히 움직이기 시작한다. 때로는 부드럽게 때로는 절도 있게. 그때마다 반짝반짝, 찰랑찰랑 장신구가 시선을 끈다. 청아한 음색을 자랑하던 여학생의 목소리는 어느새 남학생들이 부르는 우렁찬 노랫소리로 바뀌었다. 맹수가 울부짖듯 상대를 제압하는 기상 넘치는 소리다.

우리 민요에 메기는소리와 받는소리가 있듯 마사이 노래도 마찬가지다. 앞에서는 맑고 높은 아름다운 음성이, 뒤로 가면 거칠고 사나운 소리가 일사불란하게 울려 퍼진다. 손에 든 마사이 작대기로 박자를 맞추고 상대에게 어떤 신호를 보내는 듯 앞으로 나갔다 뒤로 물러나고 몸을 좌우로 격렬하게 흔들기도 한다. 첫 곡이 사냥이나 전투를 준비하는 전사의 모습이라면 두 번째 곡은 신을 위해 부르는 노래다. 아이들은 두 손을 번쩍 들어 하늘을 우러러본다. 평화와 안녕을 기원하는 몸짓과 노래가 한동안 이어진다.

아이들의 움직임은 처음부터 끝까지 진지한 데 비해 다소 산

만해 보이는 심사위원들의 태도가 눈에 거슬린다. 옆자리 사람과 잡담을 이어가는 모습에 조금은 화가 나기도 했다. 그럼에도 성공적으로 공연을 마친 아이들은 환하게 웃고 있었다. 거추장스러운 복장을 하고 순서를 익히는 시간이 고되긴 했지만, 부족의 전통을 지키는 일은 누군가는 해야 할 일이다. 오늘 무대에 선 아이들 마음속에 다함께 최선을 다했다는 자부심이 오래도록 기억되었으면 한다. 밖으로 나오니 여러 곳의 아이들이 타고 온 칼리지 버스가 운동장에 가득하다. 우리는 다시 숲속 마사이 마을로 돌아간다.

나씨냐의 염소 두 마리

지구촌공생회의 모든 사업은 후원자들의 후원금으로 이루어진다. 학교를 짓는 것 외에도 가정형편이 어려운 아이를 특별 후원하는데, 자립 의지가 강하고 본인 스스로 노력하는 아이를 추가로 후원한다. 이번에는 엔요뇨르 영화초등학교의 나씨냐가 선정되었다.

지부의 프로젝트 매니저(PM, Project Manager) 소원이는 영화초등학교 요타 교장과 라파엘과 함께 염소를 사러 싸질로니 장날에 맞추어 나갔다. 케냐에도 정기적으로 큰 장이 서는데 카지아도 주소재지에서는 수요일에 큰 시장이, 토요일에는 작은 시장이 열린다. 장에는 각종 채소와 과일, 육류, 해산물에 이르기까지 많은 종류의 물건들이 쏟아져 나온다. 이곳 사람들에게 없어서는 안 될 소와 염소를 사고파는 가축시장도 이때 열린다.

사람과 물건이 뒤엉켜 북새통을 이룬 장터에 고만고만한 염소들이 고삐에 묶인 채 새 주인을 기다린다. 소와 비교할 때 염소는 가격이 싼 편이지만, 이곳에서 소와 염소는 소유자의 부를 평가하는 척도라 아주 귀한 가축이다. 특히 먹을 것이 넉넉지 않아 영양부족에 걸리기 쉬운 아이들에게 염소젖은 많은 도움이 된다.

나씨냐의 집에 가기 위해 요타 교장과 함께 길을 나섰다. 요타 교장은 그동안 살이 많이 빠졌다고 내게 자랑한다. 과체중 때문에 고민이 많은 그녀에게 걷기를 많이 하고 사이다와 마가린, 버터, 설탕을 적게 먹어야 한다고 말했던 기억이 난다. 요타 교장은 내가 말했던 대로 음식을 조절하려고 노력했단다. 그 결과 체중이 줄었고 모두 내 도움이라고 고마움을 표한다. 사소한 일이라도 잊지 않고 고마움을 표하니 나도 기분이 좋아진다. 자신의 노력이 좋은 결과를 가져와 신이 난 요타 교장은 내내 즐거운 표정이다. 이곳 사람들은 빵에 마가린을 많이 발라 먹는데 고소한 뒷맛 때문에 끊기는 어렵다면서 앞으로도 걷기를 많이 하겠다고 한다. 다행이다. 어떤 일을 계획하고 실행하는 과정을 거쳐 결과물을 얻은 사람만이 보람이라는 선물을 받게 된다. 그 선물은 다른 누가 대신 줄 수 없다. 순전히 스스로 노력한 결과이기 때문에 행복감은 물론 생활의 활력도 얻는다.

나씨냐는 할머니와 함께 산다. 마사이 전통 가옥인 나씨냐의 집은 얼기설기 세운 나무에 진흙 반죽을 붙여 벽을 만들고 지붕은 나뭇가지를 올린 뒤 우리나라의 이엉처럼 엮은 풀줄기를 올린다. 지붕은 일 년이 지나면 새로 해주어야 하는데 아버지가 없는 나씨냐의 집은 제때 손을 보지 못해 지붕에서 빗물이 샌다. 벽도 무너져 내려 숭숭 뚫린 구멍으로 바람이 파고든다.

집 안으로 들어가면 몇 개의 그릇과 냄비 두세 개, 시커멓게 그을린 화덕이 있다. 어느 집이나 같은 정경을 볼 수 있는데, 나란히 놓인 커다란 물통이 있는 위치가 그렇다. 우리 식으로 하면 그건 항아리에 견줄만한 커다란 물통이다. 현관 바로 안쪽에 큰 물통이 있고 그 옆에는 물을 길어 올 때 쓰는 작은 물통이 쪼르르 놓여있다. 이곳에서는 대여섯 살 된 아이들마저 물을 길러 가야 하는 경우가 있어서 그런 꼬맹이들을 위한 작은 물통도 있다. 전통적으로 이곳에서는 말린 소똥을 연료로 쓴다. 어른 손바닥 두 개 정도 크기로 납작하게 빚은 소똥은 벽에 붙이거나 길가에 나란히 세워 햇빛에 바싹 말린 다음 난방이나 요리할 때 연료로 쓴다. 소를 키우지 않는 가난한 사람들은 소똥마저 구하기가 쉽지 않다. 소똥이 없다는 건 땔감이 없다는 뜻이다. 여자와 아이들은 소똥 대신 나무를 주워와 밥을 하고 집안을 따뜻하게 하기도 한다. 음식을 하는 동안 연료로 쓰는 나뭇가지 몇 개가 집안의 난방 역할을 하는 셈이다. 케냐에서는 낮과 밤의 일교차가 15도 정도 나기 때문에 이러한 난방이 없으면 살기가 어렵다. 소똥은 이곳에서 냄새나는 가축의 배설물이 아니라 귀하고 귀한 금똥이다.

마당에서 끌고 온 염소를 건네준다. 털이 하얗고 예쁜 새끼염소다. 자동차에 실려 온 염소는 큰 눈을 두리번거리며 연신 매에~ 소리를 낸다. 요타 교장이 새끼 염소를 나씨냐의 할머니에게 넘겨주었다. 고맙다고 인사하는 할머니의 검은 얼굴이 우는 건지 웃는 건지 헷갈린다. 울타리 옆 염소 우리에 몇 마리가 더 있다. 매에! 새 식구를 맞이한 염소 가족이 자꾸만 울어댄다. 염소 우리에 새끼 염소를 넣은 할머니가 다시 우리 앞에 섰다. 말은 통하지 않지만 나는 큰 소리로 말한다.

"잘 키우세요, 잘 키우세요."

염소들에게도 당부한다.

"염소들아, 부디 잘 자라서 우유도 많이 만들고 새끼도 많이 낳아서 나씨냐가 상급학교에 갈 수 있게 해다오."

나씨냐가 따라 나오며 수줍게 인사한다. 대문을 나서는데 어린 염소의 가냘픈 울음이 귓가에 울린다.

'염소야, 부디 잘 커서 나씨냐 집의 큰 재산이 되어줘야 한다.'

소녀 엄마

이곳에서는 남자와 여자에 대한 처우가 너무 다르다. 남학생에게는 당연하게 적용되는 일들이 여학생에게는 예외가 되는 상황. 남녀평등에 대한 기본적인 인권 개념이 자리 잡히지 않은 이곳에서 성적 차별은 다양한 형태로 나타난다. 케냐의 성불평등지수는 세계 160개 나라 중 137위에 해당한다. 이러한 통계가 보여주듯 남녀의 불평등 정도가 심각하다. 기본적으로 여자를 남자의 삶을 돕기 위한 보조적인 존재로 보는 시각이 강하다.

케냐에 도착해서 얼마 동안 나는 케냐의 어린 여자아이들이 집안에서 극진한 사랑을 받는 모습에 감동했다. 말 그대로 불면 날아갈까 애지중지 딸을 귀애하며 키우는 모습을 보았기 때문이다. 그런데 아이가 초경을 치르는 순간부터 집안에서 모든 대우는 달라진다. 사랑받는 귀한 존재에서 물질 가치의 교환 대상으로 탈바꿈되는 딸아이들, 그들은 원치 않지만 가정경제의 대들보 역할을 하게 된다. 이곳에서는 여전히 십 대 초반의 아이를 결혼시키는 풍습이 남아 있고 남편 될 사람의 나이는 얼마나 차이가 나든 문제 삼지 않는다. 그렇기 때문에 십 대의 소녀가 부모보다 나이가 많은 남자에게 강제로 보내지는 경우가 자주 있다. 이곳에서 좋은 남편감은 경제력을 갖춘 남자다. 소를 몇 마리 가졌고 염소는 몇 마리를 기르고 있는가? 이것이 결혼 상대자를 선택하는 기준이다. 유목생활을 해온 그들에게 소와 염소가 재산 평가의 척도가 된다.

하루는 학교에 점검을 나갔다가 한 여학생을 보았다. 무언가 이상해 유심히 관찰하니 교복 입은 배가 불룩하게 솟아있었다. 놀란 마음을 가라앉히고 사정을 알아보니 아기를 가졌다고 했다. 깜짝 놀란 나를 더욱 놀라게 한 것은 이런 임신이 이 아이에게만 일어난 불상사가 아니라는 것이다. 이곳에서는 평균적으로 1년에 약 20여 명의 여학생이 갑자기 엄마가 된다고 한다. 그렇게 해서 어린 소녀 엄마가 탄생하는 것이다.

나는 선생님들을 모아 놓고 회의를 했다. 그날 학교 선생님들이 보인 반응 때문에 또 놀라고 말았다.

"무슨 문제가 있어?"

아무런 문제가 없는데, 너는 왜 호들갑을 떠느냐는 반응이었다. 여자아이들의 임신은 케냐에서는 흔히 있는 일이고 아기가 태어나는 일은 좋은 일이다. 그리고 아기가 태어나면 그 학생은 다시 학교에 오면 된다는 거였다. 더불어 아기를 키워줄 사람도 얼마든지 있단다. 나는 기가 막혀 말문이 막힐 판인데 저들은 심각하기는커녕 잘된 일이라도 되는 것처럼 반응했다.

먼 곳에 있는 학교에 다니는 아이들, 그중에서도 여학생들은 위험에 쉽게 노출될 수밖에 없다. 등하굣길에 사나운 들짐승의 공격을 받는 일도 있고 숲속에 숨어 있다 공격하는 남자들로부터 돌이킬 수 없는 사고를 당하는 경우도 있다. 그런데 더 심각한 문제는 그런 일을 당해도 아무도 나서서 해결해주지 않는 데 있다. 국가의 치안력은 너무 멀리 있어 이곳까지 미치지 않는다.

전통적으로 여성 인권에 대한 인식이 낮은 곳이어서 어른들은 아이들을 지켜줄 의지도 없다. 그들에게는 너무 자주 일어나는 일이라 매우 놀랄 일로 여기지 않기 때문이다. 나쁜 일을 당한 아이들은 아무런 대책 없이 소녀에서 엄마가 될 수밖에 없다. 이방인인 나는 돕고 싶어도 도울 수 없는 일들이 반복되고 있었다. 나는 그런 사회적인 분위기 때문에 화가 나서 당장 한국으로 돌아가고 싶었다. 이 끔찍한 현실을 어떻게 개선해 나갈지 기운이 빠졌고 방법도 없다고 생각했다. 과연 이곳 사람들에게 희망을 품어도 될까. 나는 왜, 무엇 때문에 이 삭막한 곳에 와 있는지 회의에 빠질 때도 있었다. 그렇지만 걱정하는 마음,

근심하는 마음, 염려하는 것만으로 아이들의 상황이, 이곳의 생활이 나아지거나 해결되지 않는 것을 알기에 생각을 바꾸었다. 언제 그런 나쁜 일이 있었냐는 듯 아픔을 감추는 아이들, 흰 이를 드러내고 환하게 웃는 아이들이 있기에 뭔가 도울 방법을 찾기 위해 애썼다. "아무리 힘든 일이 있어도 공부를 계속하고 싶어요"라고 말하는 아이들이 있기에 다시 여러 가지 궁리를 해본다.

아이 중에는 강제 결혼을 피해 학교로 도망쳐 오는 경우도 있다. 그런 아이는 가족과 떨어져 살아야 하므로 학교 기숙사에서 생활해야 한다. 문제는 기숙사 비용이다. 초등학교의 경우는 월 3만 원, 중고등학교의 경우는 월 5만 원가량의 돈이 필요하다. 아이들에게 그런 돈이 있을 리 없다. 그러나 돈이 없다고 해서 아이를 쫓아낼 수는 없다. 이런 경우 한국 사무국과 연락을 해 1:1 결연을 맺어준다. 우리는 금방이라도 아이가 잘못될 것 같아 애를 태우다 부모와 협상을 시작한다. 부모들을 설득해 아이가 공부를 마칠 때까지 결혼을 시키지 않겠다는 합의서 혹은 각서를 받고 기숙사에서 생활하며 공부할 수 있게 한다.

"학교를 졸업할 때까지 결혼은 절대 안 돼."

그러나 방학이 끝나면 결혼을 하거나 원하지 않는 임신으로 인해 학교에 오지 못하는 아이들이 늘어났다. 합의서에 적힌 약속 따위는 안중에도 없는 부모들이 있다. 여기서는 부모도, 아이도 약속을 지키지 않는 것이 크게 문제가 된다고 생각하지 않는 것이 문제다. 모든 것이 자신들의 편의대로다.

회의를 마치고 나는 지금까지 그런 것이 묵인되었다고 해도 이제는 바꿔야 한다고 말했다. 오래된 관습이라고 해서 어쩔 수 없이 받아들이다 보니 같은 일들이 끊이지 않고 계속된 것 아닌가. 우리가 이곳에 와서 하는 일은 그저 먹고 사는 것을 해결하는 것에 목표를 두는 것이 아니다. 교육은 아이들이 존중받고 존중할 줄 아는 인격체로 성장할 수 있게 돕는 데 있다. 아이들이 원하는 일을 하며 살아갈 수 있는 최소한의 방법을 안내하는 것이다. 나는 지구촌공생회 학교에서 교육받은 아이들이 지금까지와는 다른 변화된 생활 속에서 살아가기를 바란다.

나는 그 자리에서 선언했다.

"굿 핸즈 학교에서는 절대 그런 일이 있어서는 안 돼."

임신한 여학생에게는 퇴학 처분을 내리기로 했다. 교장 선생님이 반대했다. 교사들도 반대했다. 심지어 현지 매니저들까지 이해할 수 없다는 표정이었다.

"당신은 이곳을 너무 몰라, 여기서는 그것이 아무 문제도 아니라니까." "케냐 교육부가 문제 삼지 않는데 왜 당신이 문제라고 하느냐?" 등등 거센 항의가 있었지만, 이대로 물러서면 앞으로 변화를 기대할 수 없을 것 같았다. 나는 임신한 아이를 퇴학시켰다. 당장은 가슴 아프지만 다른 아이들에게 본보기가 필요했다. 교육은 새로운 사람을 만들기 위한 것이다. 몇 백 년 전에 살던 사람들의 방식을 답습하려면 교육은 필요하지 않다. 현대에 맞는 사고방식이 필요하므로 우리는 많은 돈을 들여 학교를 세우고 교육을 하는 것이다. 이곳 사람들도 모든 면에서 변화하고 있다. 컴퓨터를 사용하고 스마트폰을 쓰며 지구촌의 구성원으로 뒤지지 않는다. 모든 문화와 문명을 받아들여 글로벌화하면서 어째서 과거의 악습은 그대로 유지하려는 것인가. 유독 여자의 삶에만 변화를 거부하는 그들이 뻔뻔해 보이기까지 했다.

십 대 소녀들이 엄마가 되는 일은 얼마나 험난하고 고통스러운 일인가. 게다가 막 세상에 온 어린 아이는 또 무슨 죄란 말인가. 어린 엄마의 품에서 태어나 충분히 보호받을 수 없는 새 생명의 앞날 또한 어둡기만 하다. 본인의 선택과 무관한 어른들의 결정에 따라 아이들의 꿈과 희망을 앗아가는 일이 더는 없기를 바란다.

붉은 지붕 학교

만해중고등학교는 케냐와 탄자니아 국경 지역인 로이톡톡에 있다. 지구촌공생회 이사장 송월주 스님이 만해평화대상 수상금과 지구촌공생회 후원자들의 후원금을 모아 건립한 학교다. 이 학교는 지구촌공생회 45번째 시설로 2013년에 공사를 시작해 2014년 2월에 완공하였다. 원래는 유치원 및 초등학교로 개원해 운영하였으나 2017년에 주 정부의 요청으로 중고등학교로 다시 개교하게 되었다. 케냐에는 초등학교 이상의 상급학교가 매우 부족하기 때문이다.

새 학교가 건립되기 전의 풍경이 떠오른다. 현지 목사가 커다란 나무 밑에 학교를 열었다. 학교는 건물이 없었다. 아이들은 흙바닥에 앉아 수업했다. 나무 밑이 교실이고 학급과 학급을 나누는 경계는 바닥에 꽂아 놓은 나뭇가지였다. 옆 반에서 하는

수업 내용이 그대로 들리는 나무 그늘 학교, 그곳에 지구촌공생회에서 학교를 짓기로 했다. 황무지와 다름없던 벌판에 기초 작업을 끝내고 벽돌을 쌓았다. 건물이 완공되고 지붕에 붉은색 페인트를 칠했다. 붉은색 지붕은 지구촌공생회, 즉 굿 핸즈 학교만의 표식이다. 투명한 창문에는 푸른 하늘이 가득 담겨 있다. 멀지 않은 평원에 유유히 걸어가는 타조 한 마리가 보인다. 뒤뚱이며 걷지만 큰 몸과 날개에는 평원을 자유롭게 오가는 자의 기품과 자부심이 깃들어 있다.

교육은 사람을 변화시킨다. 그렇다고 평범한 사람을 하루아침에 대단한 능력을 갖춘 사람으로 변신하게 하는 것은 아니다. 사람으로서 갖추어야 할 교양과 상식을 익히고 실현할 수 있게 하는 것이다. 염소와 소를 몰며 살아가는 것은 마사이 전통을 지키는 일이지만, 현실의 문제를 해결하기에 부족하다는 것을 알게 하는 일이다. 거창한 사상이나 신기술을 가르쳐 높은 이상 공간에 머물게 하거나 순식간에 삶을 뒤바꾸려는 것은 더더욱 아니다. 오히려 교육의 힘은 주어진 현실의 문제들을 스스로 해결할 방안을 모색하고 찾아갈 수 있도록 길을 알려 주는 역할을 한다. 밀림에서 길을 잃은 탐험가에게 가야 할 방향을 알려 주는 나침반처럼 말이다.

초등학교를 중고등학교로

지부에서 자동차를 타고 5시간을 달려 도착한 로이톡톡 만해초등학교. 많은 학부모가 회의를 위해 와 있었다. 그들은 처음 만나는 지부장인 나를 반갑게 맞아주었다. 나는 이 사람들에게 무엇을 해줄 수 있는가 고민이 생겼다. 적극성을 보이는 교장 선생님과 교사들이 있어 이 학교의 장래가 밝다고 생각했다. 케냐 어디를 가나 부모님들이 수입이 없다보니 교육비와 교재비가 문제였다. 교장 선생님 말로는 한 부모에게 5~6명 정도의 아이들이 있는데 교육비와 교재비를 마련할 수가 없다고 한다. 그래서 교재 하나로 진행하니 수업이 제대로 이뤄지지 않는다고 했다. 교재비는 350~600실링인데, 우리 돈으로 5,000~8,000원에 해당하는 돈이니 적은 돈은 아니다. 정말 안타까운 일이다. 아이들이 모두 책 한 권씩을 가지고 공부할 수 있는 날이 오기를 기다려본다.

지난달 방문했을 때는 교과서가 없어서 걱정이던 학부모들이 또 다른 걱정이 생겼다고 학교에 모였다. 50여 명의 학부모들이 우르르 몰려와 이번에는 꼭 도와달라는 눈빛으로 나를 바라본다. 문제는 지역 국회의원이 아무런 상의도 없이 만해초등학교를 중고등학교로 바꾸겠다고 선포했다고 한다. 이곳 국회의원의 권한이 이렇게 막강하다는 것을 처음 알았다. 초등학교 부모들은 아이들이 또다시 나무 밑 학교로 쫓겨나 위험한 곳에서 공부하게 될 거라며 하소연한다. 사연을 잘 모르는 나는 그들의 울분을 듣고 있을 뿐, 당장은 아무런 대책도 세울 수가 없다. 이 문제를 해결하기 위해 지역 주민들은 모여서 기도를 했다고 한다. 자신의 아이들이 안전한 곳에서 공부를 할 수 있게 해달라고. 전에도 그런 기도를 통해 만해학교를 얻었는데, 이번에도 학교를 지킬 수 있게 기도를 하고 있다고. 나는 뭐라고 말을 할 수가 없어서 알아보겠다고 했다. 어쨌든 국회의원이라고 해서 이렇게 마음대로 학교를 변경해도 되는 건지, 참 알다가도 모를 케냐 사람들이다.

그동안 마음고생하며 만해초등학교를 지키려 했지만, 결국 초등학교를 중고등학교로 전환하는 행사를 진행하였다. 처음에는 일방적인 통보를 받고 지역 국회의원이 권력을 이용해 마음대로 하는 것 같아 불쾌했으나 주변 지역을 돌아보고 왜 그러하는지 알게 되었다. 가까운 곳에 초등학교는 몇 곳이 있었지만, 중고등학교는 하나도 없는 상태였다. 그는 만해학교가 규모면에서 크고 건물 또한 잘 지어져 인재를 양성한다는 교육목표에 잘 어울리는 학교라고 판단했다며 중고등학교 전환을 진행했다.

이곳도 지역 국회의원을 만나면 길을 닦아달라, 전기가 들어올 수 있게 해달라는 등 많은 청원을 한다. 나 또한 그 의원을 만나 요청사항을 전했다. 초등학교가 중고등학교로 전환되어 4~5세 어린 아이들이 야생동물들의 위험을 무릅쓰고 유치원에 다니게 되었으니 유치원 설립을 지원해달라고 했다. 의원은 지역 주민들에게 지구촌공생회와 필요한 재정을 반씩 부담하자고 이야기한다. 그것은 내가 결정할 사항이 아니지만 긍정적으로 검토하겠다고 했다. 이렇게 해서 케냐에는 지구촌공생회가 지원하는 중고등학교가 정식으로 개교했다. 학교 발전에 필요한 많은 것들을 하나하나 지원해나갈 것이다. 오늘은 돌아오는 발걸음이 조금 가볍다.

올마피테트 트레이닝

작은 교실 안에 하얀 칠판이 놓여 있고 둥글게 플라스틱 의자가 놓여 있다. 지역 커뮤니티 연수가 시작되었다. 전통 의상을 입은 각 지역 주민들이 자기소개를 시작한다. 조금은 수줍은 듯도 보인다. 어떻게 하면 좋은 교육을 할 수 있을까. 그들은 회의도 하고 공부도 한다. 앞에 선 강사는 때로는 진지하게 때로는 유쾌한 농담으로 많은 사람을 이끌어나간다. 칠판에는 붉은 글씨가 씌어 있다.

전화기를 끄세요.
주제에서 벗어나지 마세요.
좋은 생각이 나면 손을 드세요.
모든 내용에 적극적으로 참여해주세요.

불필요하게 움직이지 마세요.

시간을 지켜주세요.

효과적으로 연수를 끝내기 위해 정한 규칙이다. 분위기를 보니 오늘 연수는 잘 이루어질 것 같다. 노트에 무언가를 진지하게 적는 사람도 있다. 아이들에게는 무엇이 필요할까. 함께 생각하고 의견을 나누는 시간이다. 답변 칸에는 아이들에게는 부모의 사랑과 음식과 교육과 건강, 주거지와 보호가 필요하다고 적혀 있다.

참가자들의 의견을 적은 대자보는 줄을 맞춰 글씨를 쓰기 위해 일일이 종이부채처럼 주름이 잡혀 있다. 종이에는 아주 많은 생각이 적혀있다. 조금만 이야기를 나누어봐도 아이들에게 필요한 것들이 참 많다. 당장 모든 것을 해줄 수는 없어도 이렇게 함께 고민하고 필요한 일들을 정리하는 것만으로도 아이들을 보살필 준비가 이루어지는 것이다.

질문 : 아이들에게는 어떤 음식이 필요합니까?

답변 : 단백질과 탄수화물과 비타민이 필요하다.

(옆에는 우유와 콩과 곡물 등이 그려져 있다.)

그것을 보는 동안 콧등이 시큰하고 가슴이 저릿하다. 배고픔에 시달리는 아이들, 제대로 영양을 섭취하지 못해 미발육과 질병에서 벗어나지 못하는 아이들의 얼굴이 떠올랐다.

이렇게 아이들의 입장에서 생각하고 아이들을 걱정하는 마음을 가진 어른들이 있으니 머지않아 케냐에도 민주적인 교실 풍경이 펼쳐지고 배불리 먹고 건강해진 아이들이 뛰노는 날이 올 수 있겠지. 아이들을 축구공 다루듯 함부로 하던 권위적인 교사들도 보았다. 아이를 자신의 감정대로 휘두르려는 어른도 보았다. 그런 사람들이 이런 연수 과정을 통해 진정으로 아이들을 사랑하는 방법을 연구하고 이해하고 공감할 수 있기를 바란다.

연수가 끝나고 따뜻한 짜이 한잔을 마시는 참가자들 얼굴에 미소가 살아난다. 연수의 끝은 노래로 마무리한다. 저들만의 영혼과 몸짓이 담긴 노래와 춤으로 마무리한다. 탄력 있는 무릎을 구부렸다 펴며 한목소리로 노래하는 사람들 얼굴에 자부심이 가득하다. 무언가를 배우고 익히고 새롭게 할 수 있다는 깨달음이 있을 때 우리는 행복해지는 것이 아닐까. 나 또한 그런 시간을 건너 이곳에 서 있지 않은가. 오늘 하루도 복되고 빛나는 날이었다.

페친 여러분

만해중고등학교 교장 선생님이 학생들에게 쏟는 깊은 애정을 잘 알기 때문에 무언가를 더 후원하고 싶었다. 그래서 한국국제협력단(KOICA)에 사업비를 신청하는 제안서를 준비하고 있다. 교장 선생님은 공부를 잘하는 학생과 활동을 좋아하는 학생을 구분해 다른 능력을 개발할 수 있는 프로그램을 만든다고 했다.

활동을 좋아하는 학생들을 위해 토요스포츠교실을 운영하겠다고 한다. 그는 토요일마다 학생들과 운동장에 있는 돌을 골라내고 다듬어서 멋진 운동장을 만들었다. 그리고는 유니폼이 필요하다고 한다. 7월에 스포츠 경기가 있는데 그때 'Sponsored By Good Hands(지구촌공생회 후원)'라고 쓰인 유니폼을 입고 첫 경기를 뛰고 싶단다. 그뿐 아니라 농장도 1,800평 정도를 만들어 아이들에게 농업을 가르치고 거기서 나온 작물로 무상급식

을 실현할 계획이라고도 한다. 한편으로는 거창한 듯 들리고 한편으로는 충분히 실현가능성이 있어 보인다.

내 마음은 벌써부터 요동친다. 지구촌공생회는 시설 및 기술 지원 사업을 계획하고 있는데, 이렇게 변화를 위해 열심히 노력하는 교장 선생님과 학생들을 위해 한 가지 숙제를 더 얻게 된 셈이다. 유니폼 값은 20벌에 우리 돈으로 50만 원, 배구공과 축구공은 각 5만 원이라고 한다. 어떻게 하면 이 비용을 마련할 수 있을까. 오늘은 페이스북에 이들을 후원해 달라는 글을 올렸다. "페친 여러분, 제게 한국 들어오면 밥 사주겠다고 하시는 분들께서는 그 밥값으로 아이들에게 축구공 사주시면 어떨까요? 여러분들이 보여주는 관심이 이 아이들에게는 희망입니다." 열심히 궁리하고 꿈을 실현하려 애쓰는 이들의 모습에 나는 무한한 박수를 보낸다. 모든 소망이여, 꼭 이루어져라.

진공도서관

킬리만자로 봉우리 위에 해가 뜨자 세상이 온통 광명천지다. 그 산자락 끝에 자리한 만해중고등학교에서 진공도서관 기공식이 있었다. 만해학교를 후원하는 한국의 선생님들도 이곳을 방문해 학교는 환영분위기로 떠들썩하다. 도서관건립을 후원한 이성봉 교장 선생님은 45년 동안 교직에 있었다. 꾸준히 이곳 아이들을 후원한 선생은 도서관은 물론 과학실과 과학기자재 구입도 후원하고 있다. 만해학교를 후원하는 선생님에게 고마운 마음을 전하며 우리는 선생님의 불명인 진공을 도서관 이름으로 지었다.

선생님은 자신도 어려운 환경에서 공부를 해 교사가 되었고 동생들을 키웠는데 지금은 그 동생들이 사회에서 각자 충실하게 역할을 다 하고 있어 고맙다고 했다. 케냐의 학생들을 후원할 수 있어 자신이 더 기쁘다는 선생님은 두 명의 고등학생을 꾸준히 후원하고 있는데 대학교에 진학하면 졸업할 때까지 장학금을 후원하겠다고 했다. 거기다 도서관에 책이 충분히 비치될 수 있도록 정기적인 후원도 약속했다. 우리가 고마운 마음을 전하면 선생님은 오히려 자신이 고맙다고, 오늘 이곳에 와서 본 학교와 학생들의 모습은 너무도 감동적이라고 눈물을 흘렸다.

또한 인근 초등학교 학생들과 학부모들, 도서관을 짓는 데 10%를 후원해준 EQUITY BACK 케냐 카지아도 서부지점 총괄 지점장 등 지역 유지들도 참석해 모두가 한 마음으로 학교 발전을 위해 기도했다. 이 도서관에 책이 가득 차기를 기원하며 또 하나의 희망 나무를 심어본다.

올로레라 마사이 마을

태공초등학교가 있는 올로레라는 지구촌공생회 지부가 있는 카지아도에서 한참 떨어진 숲속 마을로 마사이 부족이 모여 사는 지역이다. 도시와 떨어져 있으므로 산업시설이라고 할 만한 것이 아예 없다. 이곳 사람들은 외부로 나가는 경우가 드물고 주로 자연에 기대어 살아간다. 그런 이유 때문인지 주택도, 생활 모습도, 관혼상제도 오래된 전통 생활 방식을 고수하고 있다. 집은 대부분 나무와 진흙으로 짓는다. 유목을 주로 했던 마사이들은 소와 염소를 몰고 풀밭을 찾아다니며 생활하던 부족이다. 하지만 아프리카에는 더는 넓은 초지가 만들어지지 않는다. 급격한 기후변화로 너른 땅이 사막으로 바뀌고 있기 때문이다. 지평선이 보이는 들판에 잠깐이라도 서 본 사람이라면 환경오염이 불러온 심각한 문제를 쉽게 알아차릴 수 있다. 불볕같이 내리쬐는 태양, 그 뜨거운 열에 타들어가는 풀과 나무, 먹이를 찾지 못해 앙상하게 뼈가 드러난 동물들. 물과 풀이 사라진 땅에 사는 그들에게 선택권은 없다. 그러므로 마사이들은 유목 생활을 접고 농업으로 전환할 수밖에 없다. 그것은 익숙한 것을 버리고 낯선 길로 들어가는 일이다. 그 일은 쉽지 않은 일이며 시행착오를 거듭할 수밖에 없다. 지구촌공생회가 할 일은 바로 이렇게 난감한 지경에 있는 사람들을 돕는 것이다.

지구촌공생회는 학교를 세울 때 농장을 함께 만든다. 학교 주변의 지역 주민들이 농장에서 일하는 것은 물론 경제적 자립을 할 수 있도록 지원하고 기술을 전하기 위해서다. 농사법을 교육하고 기른 농작물을 유통해 생활수단이 되게 하는 것이 근본 목표이다. 아이들이 학교에서 공부하는 동안 어른들은 농장에서 일한다. 양파를 심고 토마토를 가꾸고 케일 잎을 갉아 먹는 벌레를 잡는다. 감자와 옥수수, 콩을 길러 아이들을 먹이고 필요한 물건을 구하는 일, 잘 자란 작물을 수확해 판매하는 일. 그렇다고 어른들만 일하는 것은 아니다. 이곳에서는 아이들도 농장에서 일한다. 모종을 옮겨 심고 물을 주고 풀을 뽑고 농사의 전 과정을 정규 프로그램으로 만들어 실습한다.

지구촌공생회 50번째 학교

올로레라 태공 지역은 지구촌공생회 지부가 있는 카지아도 타운으로부터 30킬로미터 떨어진 곳에 있다. 250여 가구에 약 1,400여 명의 주민들이 살고 있다. 기존 학교는 풀과 함석판으로 지붕을 얹은 움막학교였다. 가는 나뭇가지를 엮어 벽으로 삼은 교실에는 수시로 바람과 흙먼지가 들이쳤고 허술한 지붕은 비가 샜다. 칠판은 너무 오래 사용해 글씨조차 흐릿했다.

2014년 지구촌공생회는 새 학교를 짓기로 했다. 많은 분들의 후원이 있었다. 이 지면에 고마운 분들의 이름을 모두 실을 수 없어 아쉽다. 다시 한번 모든 후원자들께 감사드린다.

학교는 케냐 정부가 소유한 땅 12,000평에 짓기로 했다. 올로레라 태공초등학교 이름에는 특별한 의미가 있다. 2015년은 이사장 스님의 산수연이 있는 해였다. 산수연이란 세수로 80회

생일을 말하며 스님이 출가하신 지 60주년이 되는 해이다. 한 자리에 모였던 상좌스님들은 은사스님의 생신을 기념해 학교를 짓기로 했다. 이때 원행 스님은 "지구촌공생회 활동에 주력하고 계신 은사스님의 법호를 따서 아프리카에 학교를 짓자"는 제안을 했다. 그해 2015년은 지구촌공생회 창립 11주년(2004년 창립)을 맞는 해여서 의미가 더 컸다. 이렇게 해서 케냐에 이사장 스님의 법호 태공을 딴 올로레라 태공초등학교가 건립되었다. 이는 지구촌공생회 창립 이후 제3세계에서 지어진 50번째 교육시설이다.

태공초등학교는 유치원에서 8학년까지 아홉 개 학급이 공부할 수 있는 규모이다. 넓은 벌판에 자리 잡은 태공초등학교는 멀리서 보아도 한눈에 들어온다. 선명한 붉은색 지붕이 있고 아치형 교문에는 '올로레라 태공초등학교'라는 글자가 큼직하게 붙어 있다. 건물에는 유치원과 교실이 8칸, 아이들이 책을 읽고 빌릴 수 있는 도서실과 교무실도 있다. 공부하기 좋은 환경이 만들어진 학교에서 아이들은 마음 놓고 공부할 수 있다. 책과 공책 등 필요한 학용품이 주어지고 책도 빌려 읽는다. 운동장은 아이들이 안전하게 놀 수 있는 놀이터다. 가시철망 또는 들판에 무성하게 자라는 가시나무로 만든 울타리는 사나운 짐승이 들어오는 것을 막아준다.

이곳에서 학교를 짓는 일은 단순히 학교 하나가 생기는 것으로 끝나지 않는다. 건물을 완성하기까지 주변 사람들에게는 일자리가 만들어지고 학교가 완성되면 교사가 일할 곳이 생긴다. 더 많은 아이가 더 가까운 학교에 안전하게 다닐 수 있게 된다. 지구촌공생회에서는 학교를 지을 때 농장도 함께 만든다. 그 농장에서 키운 채소와 곡물로 아이들이 먹을 급식을 만든다. 형편이 어려운 아이들 중에는 학교에서 먹는 급식 외에 아무것도 먹지 못하는 아이도 있다. 이곳에서 학교는 학습뿐 아니라 끼니도 해결할 수 있는 곳이다. 학교는 아이들에게 최상의 시간을 보낼 수 있는 곳이다.

이들이 사는 세상

나지막한 건물, 저 멀리 평원 끝에 둥근 산이 있다. 만년설로 덮인 킬리만자로산은 신비롭게 보인다. 그 옆에 왼쪽 봉우리는 날카로운 새의 부리를 닮았다. 검붉은 흙이 대부분인 땅에 머리를 산발한 것 같은 나무가 몇 그루 서 있는 들판, 초록이 주는 대지의 싱그러움이 남아 있다. 내에는 흙탕물이 흐르고 그 위에 뒤틀리고 이곳저곳 홈이 파인 통나무 다리 하나가 놓여 있다. 한 차례 비가 지나간 후, 우기의 풍경을 바라본다.

우리는 태공초등학교 준공식을 눈앞에 두고 정신없이 바쁘다. 하루가 어찌 가는지 모를 정도다. 지금은 운동장 평탄화 작업이 진행 중이다. 이곳에서 일하는 사람들은 성격 급한 나를 제대로 인욕하게 해준다. 이곳에서는 어떤 일이든 한 번에 되는 일이 없다.

모든 공사가 끝나가고 있다. 건축업자에게 3차 공사비를 지급하고 현장으로 갔다. 학교는 마지막 정리 작업이 한창이다. 밖에서 볼 때는 이미 완벽하게 공사가 마무리된 것 같다. 붉은색 지붕에 선명한 하늘색 창틀, 크림색 벽면이 안정감을 준다. 지구촌공생회의 5개 학교는 모두 이와 같은 외면적 특징을 갖는다. 통일성이다. 누가 보아도 한눈에 학교가 있다는 것을 알리는 동시에 주변에 있는 다른 학교와 구분할 수 있는 기준이 된다. 운동장으로 들어선다. 풀이 자라는 땅은 아직 울퉁불퉁하지만, 아이들이 뛰어 놀기에 크게 모자라지 않는다. 우선 안전하고 넓어서 마음이 놓인다. 화장실이며 작은 창고, 물탱크 등 필요한 시설들도 멀지 않은 곳에 제대로 자리 잡고 있다. 교실로 들어가는 중앙 현관 위에는 'OLOOLERA TAE GONG PRIMARY SCHOOL'이라고 검은 글씨가 적혀 있다.

드디어 긴 시간을 거쳐 완성된 학교를 바라보는 심경이 복잡하다. 땅을 고르고 기초 작업을 하고 건물을 완성하기까지 얼마나 많은 일들이 있었던가. 우물을 파고 농장을 만들고 지역 주민들을 만나고 지금까지 땀 흘렸던 사람들의 노고와 후원자들의 정성이 어우러진 결과물이 눈앞에 있다. 만감이 교차한다는 말은 바로 이 순간에 쓰는 말이다.

10시를 조금 넘긴 후에 올로레라 지역 주민들을 만났다. 새로 지은 학교 시설에 대해 안내하고 펌프에 대해서도 이야기했다. 마사이의 전통 망토인 알록달록한 슈카를 두른 사람들이 각자 지팡이 하나씩을 짚고 교실 안을 들여다본다. 그들의 얼굴에도 놀라움과 기쁨이 깃들어 있다. 그들은 학교에 관심이 많다. 학교는 어떻게 운영할 것인지, 아이들은 어떻게 교육할 것인지 날카로운 질문도 하고 의견도 낸다. 처음 이곳에 왔을 때는 그들의 행동에 대해 불만이 많았다. 그들은 행동은 느리고 요구사항은 많은 이상한 사람들이었다. 우리는 도움을 주기 위해 왔는데, 하나를 주니 두 개를 달라는 몸짓을 했다. 그런 모습은 내가 살아온 방식과 너무나 다른 모습이었다. 그때마다 나는 이런 생각들을 했다. '이곳의 어른들이 조금 더 열심히 일하면 좋을 텐데, 거짓말을 안 하면 좋을 텐데, 지각을 안 하면 좋을 텐데, 어떤 행동을 고치면 좋을 텐데….' 내 머릿속에는 온통 바꿀 것, 고칠 것, 달라졌으면 좋을 것들로 가득 차 있었다. 하지만 그것 때문에 속이 타고 화가 나는 것은 나뿐이었다. 이렇게 많은 사람들이 있는데도 아무도 내 생각이나 감정을 알아주지 않았다.

그러다 떠오른 말이 있다. 차이였다. 문화적인 차이, 시각의 차이, 습관의 차이, 생활방식의 차이. 내가 살던 세상과 이들이 사는 세상은 엄청난 차이가 있다. 그런데도 나는 내가 살던 세상의 잣대로 이 사람들을 재고 있었다. 스스로도 부족한 내가 앞뒤 없이 잘라내고 덧붙이려 했던 것이 문제였다. 차이를 발견하고 인정하는 마음이 하루아침에 받아들여지지는 않았다. 다만 조금씩 나의 행동을 돌아보며 생각과 관점과 중심을 바꾸어 나갔다. 그것들을 바꾸어가는 동안 판단은 신중해졌고 그것만으로도 나는 '화'에서 벗어날 수 있었다. 지혜를 어둡게 하는 진심瞋心을 버리면 마음은 저절로 평안해진다. 툭하면 화를 내던 내 모습이 생각나 혼자서 머쓱해진다.

학교 울타리를 만들기로 했다. 우리가 학교를 지었지만 진정한 학교의 주인은 지역 사람들, 자신들이라는 것을 잊지 않았으면 한다. 그런 의미에서 주민들이 학교에 기여할 기회를 만들어준다. 벽돌 하나를 쌓든 운동장에 박힌 돌을 캐든 다양한 방법으로 참여하게 한다. 울타리는 아이들이 안전하게 공부하고 생활하기 위한 최소한의 장치이기 때문에 꼭 필요하다. 남자들도 여자들도 모여들어 작업을 시작했다.

땡볕에서 현장을 오가느라 힘들었는지 머리가 아프기 시작했다. 도저히 더 참을 수가 없어 차 안에서 잠시 쉬었다. 쉬면서 한 생각, '나에게도 쉼이 필요하다.'

정주하는 마사이족

올로레라 태공초등학교 현장에 모니터링을 나갔다. 자동차가 지나온 들판에 뿌옇게 먼지가 일었다. 넓고 넓은 벌판은 모두가 말라 있다. 건초더미같이 바싹 마른 풀과 작은 덤불뿐이다. 이따금 키 큰 나무들이 있지만, 대부분은 잡목으로 작은 것은 종아리 정도, 큰 것은 허리 정도 오는 것들이다. 그마저도 물기라고는 없어 우기가 오기까지 초록 잎을 구경하기 어렵다.

한참을 달려 학교에 도착했다. 인부들이 시멘트와 모래를 섞고 있고 다른 한편에서는 벽돌을 쌓고 있다. 반쯤 올라간 학교 건물은 멀리서 보면 군대 방어막 같기도 하고 오래된 성터처럼 보이기도 한다. 차에서 내리자 사람들의 시선이 일제히 내게로 향한다. 그들에게 낯선 스타일의 내가 신기해 보이는 게 당연하다. 간소한 잿빛 승복과 삭발한 머리는 울긋불긋한 전통 옷에 화려한 장신구를 한 마사이 사람들과 확연히 비교될 것이다. 사람들 뒤편으로 풀을 뜯는 흰 염소들이 보인다. 나는 사람들을 보고 웃어준다. 이 세상에 웃음보다 좋은 언어는 없다.

공사장 주변에는 아이를 업은 엄마, 그 옆에 어린아이들, 전통 숄을 두른 여인, 긴 막대를 짚은 장년의 남자들, 모자를 쓰고 멋을 낸 할아버지까지 가까운 마을 주민들이 나와서 구경을 한다. 케냐 사람들은 아프리카의 다른 나라에 비해 공부욕심이 많다. 초등학교 과정이 의무교육이기 때문에 식자율도 85%로 높은 편에 속한다. 당장 끼니를 걱정하면서도 아이를 학교에 보내려고 애를 쓰는 모습이 과거 한국의 어머니 아버지들의 모습을 생각나게 한다. 벽이 허물어진 집, 남루하기 이를 데 없는 차림새, 겉모습만으로는 도저히 학교에 보낼 수 없을 것 같은 가난한 마을에 교복을 입은 학생들이 눈에 많이 띄는 이유도 그런 부모들의 교육열이 있기 때문이다. 그런 점에서 보면 많은 주민이 새로 생기는 학교에 관심을 갖는 것이 당연하다. 그들은 어떤 학교가 세워지는지 눈으로 확인하고 싶어 한다. 어서 학교가 완성되어 자신의 아이들에게 공부할 기회가 생기기를 기다리는 것이다. 마을에서 멀리 떨어진 학교에 아이를 보내는 부모는 조금이라도 가까운 학교에 전학시키기를 원한다. 학비 때문에 공부를 시키지 못하는 부모들은 도움을 받아서라도 학교에 보낼 수 있기를 바란다.

마사이들은 이제 한곳에 정착해서 살아간다. 한곳에 머무는 생활은 머문 자리에서 생산물을 만들어 내야 한다는 것을 의미한다. 제조업 분야가 전무한 이곳에서 유일한 생산물은 자연에서 채취하는 것과 농산물뿐이다. 지금은 자연마저 황폐해가니 수로를 만들고 농사 지을 땅을 개간해 농작물을 기르는 것이 유일한 방법으로 보인다. 그런 점에서 우리가 만든 농장은 이곳 사람들을 살리는 가장 필요한 방법의 하나일 것이다. 씨앗을 뿌리고 작물을 키우는 농법을 더 많은 사람에게 제대로 전할 수 있기를 발원한다.

사이먼의 가출

사이먼 은차로는 수줍음이 많은 소년이다. 아버지는 감옥에 있고 엄마는 태공초등학교에서 급식을 담당하는 요리사로 일하며 농장관리도 한다. 열심히 일하지만, 엄마가 버는 돈만으로는 부족한 것들을 모두 해결할 수 없다. 할 수 없이 엄마는 사이먼의 여동생 둘과 남동생을 친척집으로 보냈다. 그것은 세 아이가 배불리 먹을 수 있기를 바라는 엄마의 마음이었다. 한때 우리나라도 먹는 입을 줄이기 위해 친척집으로 아이들을 보내던 시절이 있었다.

만 열네 살, 태공초등학교 2학년인 사이먼은 체육 시간을 좋아한다. 원래는 중학교 1학년이어야 할 나이인데 계속 유급을 하다보니 여태껏 초등학교 과정에 머물러 있다. 사이먼처럼 유급하는 아이들은 대부분 육성회비를 내지 못하기 때문이다. 케냐의 학제는 초등 8년, 중고등 4년으로 이루어진다. 일 년 과정은 1월에서 3월, 5월에서 7월, 9월에서 11월, 3학기로 되어있고, 11월 둘째 주가 되면 한 학년을 마무리하게 된다.

사이먼은 귀가 잘 들리지 않는다. 소리를 제대로 들을 수 없어 수업을 따라가는 데 어려움이 있지만, 읽기 능력이 뛰어나고 이해력도 좋다. 그런 사이먼이 며칠째 결석했다. 어디에 갔는지 가족도 친구도 아는 사람이 없었다. 이틀을 기다려봤지만 사이먼은 돌아오지 않았다. 우리는 아이를 찾아 나섰다. 교장 선생님과 경찰, 지역 주민들까지 사이먼을 찾는 일에 발 벗고 나섰다. 여전히 아이 소식은 알 수 없었고 우리 걱정도 날마다 늘어갔다. 야생동물에게 해를 당한 것은 아닐까, 나쁜 사람에게 일을 당한 것은 아닐까. 그렇게 보름을 애태우다 사이먼을 찾았다. 다행히 아이는 무사했다. 아이를 보자마자 왜 학교에 오지 않았는지, 왜 집을 나갔는지 물었다.

"배가 너무 고팠어요."

기가 막혔다. 학교에서는 점심에 급식을 제공한다. 하지만 사이먼 집에는 먹을 것이 없었다. 사이먼은 공부가 싫거나 학교가 싫어서가 아니라 너무나 배가 고파 집을 나갔다고 했다. 마을에서는 아무리 애를 써도 먹을 것을 구할 수 없었다. 너나없이 가난한 동네였다. 사이먼은 집을 나가 다른 사람 집에서 염소와 소를 돌봐주면서 주린 배를 채웠다. 염소를 돌보기 위해 마른 들판을 걸었고 멀리 떨어진 물웅덩이까지 소를 몰고 갔다. 파란 하늘과 흰 구름을 올려다보며 학교에 갈 수 없는 자신의 처지가 더없이 슬펐지만, 그 슬픔보다 절박하게 사이먼을 옥죈 것은 배고픔이었다. 사이먼은 주린 배를 채울 한 그릇의 옥수수와 콩이 절박했기에 집을 나가 보름 동안 일했다.

아프리카의 식량난은 점점 심해질 것이다. 지금도 수많은 아이가 먹을 것이 없어 아사 직전에 있다는 이야기가 들린다. 총칼을 앞세운 전쟁터와 다름없는 죽음의 위험이 도사린 땅에서는 셀 수 없이 많은 제2, 제3의 사이먼이 나올 수 있다. 사이먼의 가출 이후 우리는 새로운 방법을 생각해냈다. 한국에서 오는 후원금의 일부를 적립해 두었다가 방학 동안 급식을 먹을 수 없는 아이들에게 음식을 사주기로 한 것이다. 일종의 푸드뱅크라고 할 수 있다. 가족들이 기본 생계만이라도 유지할 수 있다면 아이들이 염소 몰이를 위해 가출하지 않아도 될 테니까.

변화를 기다리며

정신없이 하루가 지나갔다. 이사장 스님께서 시찰을 오신다고 한다. 무엇을 준비해야 할지 마음만 바쁘고 일의 체계가 잡히지 않는다. 이사장 스님의 법호를 따서 지은 학교라 특히 마음이 쓰이고 전반적인 행사 내용도 거기에 맞춰서 진행해야 하는 것은 아닌가 싶다. 지부장으로 케냐에 와서 처음 치루는 큰 행사라 할 일이 많다. 한국 같으면 아는 인맥을 동원해서 성대하게 진행하겠지만, 이곳에서는 말도 제대로 안 통하고 문화적인 관점도 우리와 달라서 더 많이 생각하게 된다.

큰일을 앞두고 보니 공연히 지난날을 반성하게 된다. 공부하기를 왜 그리 싫어했나. 그런데 욕심은 또 왜 이리 많았나. 노력은 안 하면서 지금까지 좋은 결과를 얻고 인정받은 것이 죄다 주위 사람들이 나를 도와준 덕분이었던 것 같다. 공연히 큰소리만 치면서 주변에 공으로 얹혀 산 것은 아니었나. 잠깐 지나간 시간을 돌아보며 반성한다. 그동안 나를 아는 사람들이 부족한 내 실체를 알고 비웃은 건 아닐까. 이렇게 투덜거리는 모습을 본다면 또 한마디씩 하겠지. 그러다 또 스스로를 다잡는다. 내가 그리 형편없는 사람은 아니다, 나는 이곳의 결정권을 가진 사람이다, 이곳에서 충분히 주도적으로 활동하고 있지 않은가. 이번에도 차근차근 잘 해결해 나가야지. 행사일까지는 아직 시간이 있으니 구체적인 계획을 세워야지.

학교가 문을 여는 일은 매우 크고 중요한 행사다. 지역 인사들은 물론이고 주민들까지 함께하는 아주 큰 기념식이 될 것이다. 지구촌공생회에서도 이사장 스님은 물론 사무국 직원과 후원해주셨던 분들도 참석한다. 카지아도의 인사들과 정부 인사까지 명단을 만들고 초대장을 준비해야 한다. 대사관에도 알려야 하고 이사장 스님이 오시니 그동안 도움을 준 사람들에게 감사인사도 해야 한다. 무엇보다 학교 개교 준비와 펌프 시설, 농장 시설을 제대로 점검하고 이곳에서 다들 열심히 잘하고 있음을 보여드리고도 싶다. 고생만 하고 결과가 좋지 않으면 서로가 실망할 것이다. 매니저들도 한국 PM들도 철저하게 준비할 수 있게 제대로 점검해야 한다. 무리 없이 사업을 진행하고 있으니 크게 걱정할 일은 아니지만, 단지 매우 바쁜 시간을 보내야 하는 것이 부담스러울 뿐이다.

나는 큰 욕심을 부리지 않으며 단지 1% 향상을 위해 기도한다. 만약 누군가 내게 이곳에 와서 무슨 일을 얼마나 했느냐고 묻는다면 그 양을 정확하게 대답할 수는 없지만, "저 멀리서 사람들이 달려와 나를 반겨주네요. 그리고 기뻐해주네요"라고 말하겠다. 케냐에서 내 수행은 사람과의 관계를 나누는 것부터 시작했다. 우리의 계획을, 앞으로의 변화를 먼저 이야기 하지 않고 이곳 사람들과 마음을 나누는 일부터 했다. 처음 학교에 갔을 때 교실에 뒹구는 쓰레기를 보면 한숨이 먼저 나왔고 내 앞에서 아이들을 함부로 때리는 선생님들을 볼 때는 화가 나고 눈물도 났지만 싸우지 않았다. 조금씩 변화시켜보자는 기도를 하면서 그들과 이야기했다. 그들의 생각이, 거친 행동이 왜 문제인지를 스스로 알아차리고 바꿀 수 있도록 기다렸다. 권위와 폭력을 자신들의 특권처럼 여기며 위생관념도 턱없이 부족했던 선생님들이 지금은 아이들 밥 먹는 것을 챙기고 교실 뒷정리를 한다. 차를 타고 여행을 갈 때는 창밖으로 휙휙 쓰레기를 던지던 사람들이 이제는 커다란 봉지에 쓰레기를 담아 정리하는 것을 볼 때 좋은 관계를 먼저 맺고 변화를 기다린 일이 참으로 잘한 일이었다는 확신이 든다.

　　봉사는 육바라밀을 온전히 실천하는 길이다. 보시·지계·인욕·정진·선정·반야바라밀을 몸으로 마음으로 실천하는 길. 그런 과정을 거치며 만들어 낸 학교와 생활문화, 크고 작은 시설물들, 이곳 사람들의 변화를 보며 행사를 준비한다. 이제 얼마 남지 않은 일을 준비하면서 초심을 잃지 않으려 마음을 바르게 한다.

　부처님, 지금 이 자리에서 모든 것에 감사합니다. 조금씩 앞으로 나아갈 수 있는 힘과 지혜를 주심에 감사합니다. 단지 1% 향상에 감사할 줄 아는 사람으로 남을 수 있게 해주심에 진심으로 감사합니다.

까리 부, 아산 떼

인천에서 아부다비, 다시 나이로비까지 17시간 비행기를 타고 이사장 스님 일행이 도착했다. 스님은 올해로 만 80세이신데 건강에 크게 무리는 없어 보여 다행이었다. '만해학교'와 '태공학교' 준공식 준비는 잘 되었다. 이제 행사를 치르기만 하면 된다. 원래 작년에 하기로 했던 행사가 아프리카에 창궐한 에볼라 바이러스 때문에 올해로 늦춰진 것이다.

준공식을 시작했다. 학교 준공식은 지역 주민들에게 큰 축제다. 400여 명이 참석한 행사장은 마사이 전통의상을 입은 사람들로 가득했고 분위기는 떠들썩했다. 울긋불긋한 숄과 커다란 장신구, 마사이 작대기까지 들고 참석한 사람들이 연신 '까리 부 굿 핸즈(환영합니다, 지구촌공생회)'를 외쳤다. 한국에서 온 손님들을 환영하는 인사다. 지역 목사의 축하기도가 있었다. 다른 종교, 다른 인종, 다른 나라 구분할 것 없이 마음은 모두 하나였다. 이 순간이야말로 '인류는 한 가족'이라는 지구촌공생회의 슬로건이 빛을 발하는 때이다. 새삼스럽게 내 가슴도 뻐근하고 뿌듯했다. 그동안 준비하느라 눈코 뜰 새 없이 바쁘고 고단했던 날들이 언제 그랬냐는 듯 잊혔다.

10킬로미터나 떨어진 학교에 다니는 아이를 만해학교로 전학시키겠다는 아버지, 인근 학교 중에 만해학교가 가장 튼튼하고 좋아 보인다는 그의 말에 어깨가 으쓱해진다. 건물만 좋은 것이 아니라 우리는 정말 좋은 교육을 실천하기 위해 노력하고 있기 때문이다.

이사장 스님은 기념사에서 학생들이 케냐 발전의 동량이 되어 인류의 공생과 평화에 기여할 수 있기를 기원했다. 발고여락拔苦與樂은 고통은 덜고 즐거움과 기쁨은 나눈다는 말로 지구촌공생회의 기본정신이다. 우리는 모두 그런 마음으로 한 자리에 서 있다. 데이비드 응케디엔네 카지아도 주지사는 협력이 지속해서 이어지길 바라며 이 마을과 장소를 잊지 말아 달라고 했다. 축사를 하고 행사가 계속되는 중에도 사람들은 연신 '까리부(환영한다)'와 '아산 떼!(감사합니다)'를 외쳐 행사장은 소란스럽기까지 했다. 다른 때 같았으면 제발 식이 끝날 때까지 품위를 지켜달라고 말하고 싶었을 텐데, 지금은 그런 소란이 싫지 않았다. 그동안 마음을 다해 이룬 일들을 찬탄받는 것 같았다. 후원금을 보내주신 많은 분들, 이곳 아이들에게 늘 선한 기운을 불어넣어 주고 행복을 빌어주는 분들에게도 기쁜 찬탄의 음성을 전해드리고 싶다.

아이들은 소를 치고 염소를 기르는 노동력을 가진 한 사람이기 이전에 어른들의 돌봄이 있어야 하는 한없이 어리고 연약한 존재다. 부디 이곳 사람들 모두가 이와 같이 생각하고 아이들을 돌보는 날이 올 수 있기를 소망한다.

새 학교

케냐에 온 지 2년, 계약 기간이 끝나자 이사장 스님은 내게 3년만 더 머물러달라고 하셨다. 나는 마음속으로 흔쾌히 십 년을 채우겠다고 나 자신과 약속하며 한 가지 조건을 말씀드렸다. "근무를 3년 연장하는 대신 새 학교를 하나 지어주세요." 이사장 스님은 당돌한 나의 조건을 수락하셨다. 내가 마음속으로 10년 근무를 결심한 데는 그만한 이유가 있다. 고등학교를 졸업한 아이들이 대학에 진학하거나 사회에 나가 활동하는 것을 지켜보고 그 아이들이 다시 모교에 후원금을 낼 수 있기까지 적어도 10년의 세월이 필요하다고 생각했기 때문이다. 하지만 아쉽게도 나는 3년 연장 근무를 다 채우지 못했다. 2년 8개월여 만에 브루셀라에 감염되어 더는 케냐에 머물 수 없게 되었기 때문이다.

학교를 하나 더 짓겠다고 약속한 이사장 스님은 곧 날레포 태공중고등학교를 짓는 것으로 약속을 지켰다. 날레포 태공중고등학교는 이사장 스님의 공덕을 기리고자 상좌스님과 후원자들의 후원으로 건립한 학교다. 준공식에는 이사장 스님과 사무국 직원 등 많은 분이 한국에서 올 예정이고 케냐의 내빈들도 다수 참석할 것이다. 마사이 땅에 자리 잡은 아름다운 날레포 태공중고등학교의 준공식을 위해 우리는 바쁜 나날을 보냈다.

준공식 준비를 위해 학교에 갔더니 인근 초등학교 학생들이 노래와 춤을 연습한다고 방문했다. 이들은 준공식 때 손님들을 위해 노래와 춤을 공연할 예정이라고 한다. 마사이어로 노래하는 아이들 목소리가 청량했다. 노랫말을 물어보니 '열심히 공부해 밝은 미래를 꿈꾸자'는 내용이라고 했다. 율동을 곁들여 연습할 때 나도 따라서 한바탕 춤을 추었더니 격한 운동을 한 것처럼 숨이 찼다. 아이들의 맑은 눈동자가 나를 정화한 듯 마음속에 쌓였던 답답함이 싹 사라졌다.

학교를 짓기 위해 나무뿌리를 캐서 태우고 건물을 짓는 동안 바쁘게 오갔던 순간들이 떠올랐다. 완성된 또 하나의 학교를 보면서 개인의 힘은 미약하지만, 마음과 마음이 모이면 이렇게 큰 힘이 된다는 것을 또 확인했다.

학교에 들어갈 책상과 의자, 책꽂이, 사물함 그리고 침대를

제작하기로 해 지역 기술자를 고용해 재료를 사는 데만 하루가 걸렸다. 침대가 완성되고 지부 식구들이 주말에 열심히 침대에 페인트칠을 했다. 아이들이 희망을 품고 열심히 공부해줄 것을 바라는 마음으로 부지런히 붓을 놀렸다. 침대에 어떤 말이든 써 넣어 힘을 주고 싶었다. 이 침대에서 생활하는 아이들이 자기만의 꿈을 키워나갈 수 있기를 소망했다.

날레포 태공중고등학교 준공식

드디어 긴 시간을 거쳐 완성된 학교를 바라보는 심경이 복잡하다. 땅을 고르고 기초 작업을 하고 우물을 파고 농장을 만들고 지역 주민들을 만났다. 건물을 완성하기까지 얼마나 많은 일들이 있었던가. 만감이 교차한다는 말은 바로 이 순간에 쓰는 말인 것 같다. 교실 천장은 목재를 노출해 공간의 높이를 살렸고 창문은 많이 만들어 답답함을 줄였다. 창밖으로 흰 꽃을 피우는 아프리카 아카시아와 덤불들, 불그레한 들판이 펼쳐져 있다. 무엇보다도 교실에서 바라보는 파란 하늘이 가슴을 시원하게 한다. 아이들이 책상에 앉아 공부하다 말고 푸른 하늘과 흰 구름에 정신을 빼앗길지도 모를 만큼 창으로 보이는 풍경이 아름답다. 들판을 지나는 바람도 빗줄기도 이 아늑한 교실에서 바라보면 그저 아름다운 환상처럼 느껴질 수도 있겠다. 인조대리석을 매끈하게 깔아 놓은 바닥, 줄 맞추어 들여놓은 나무 책상, 더는 아이들이 다리가 저리도록 구부리고 앉아 있지 않아도 된다.

드디어 준공식이 시작되었다. 그동안 고생한 지부 식구들을 멋있게, 충분히 소개하고 싶었지만 영어 실력이 짧아 최소한의 내용으로만 소개해 조금은 아쉬웠다. 중간에는 깜짝 이벤트로 이사장 스님의 생신을 축하하는 자리를 만들었다. 케냐 카지아 도주지사와 한국대사관 총공사님과 촛불 의식도 하고 지역 주민들과 생일 축하 노래도 함께 불렀다. 지역 주민들이 감사의 마음으로 한국에서 오신 모든 분들에게 선물을 준비해 조금 놀랐다. 우리는 한국 사람들이 생일날 먹는 미역국을 준비해 주민들을 대접했는데 그들은 처음으로 먹어본 미역국이 괜찮다는 표정이다. 역시 받는 기쁨보다는 나누는 기쁨이 더 크다는 것을 느낀 하루였다. 코이카 소장님을 비롯해 케냐 NGO협의회 회원님들에게도 감사한 마음을 전하며 이제 학교를 잘 운영하도록 제대로 후원할 일만 남았다.

태공여자고등학교가 되다

이사장 스님과 시찰단이 다시 학교를 방문했을 때 케냐 교육부에서는 태공중고등학교를 여학교로 운영하는 것이 어떻겠느냐는 제안을 해왔다. 이 학교에는 아직 남자 기숙사가 없으니 그렇게 하자고 했다. 마사이지역에는 조혼풍습이 남아 있어 강제결혼을 피해 도망치는 소녀들이 많다. 그렇게 집을 떠난 여자아이들은 갈 곳이 없다. 그 아이들이 더 안전하게, 더 많이 기숙사에서 생활할 수 있게 하는 것도 필요하다고 생각했다. 태공여자고등학교로 전환된 학교에서 눈동자가 빛나는 소녀들이 낯선 이방인인 나에 대해 궁금한 것이 많은 듯 보인다. 아직 학교에 물이 없어서 이웃에 있는 댐에서 물을 길어 온다는 아이들을 따라 가보니 꽤 멀다. 지역의 아주머니들도 멀리서 물 길러온 모양이다. 당나귀 옆으로 물통들이 길게 놓여 있었다. 저 많

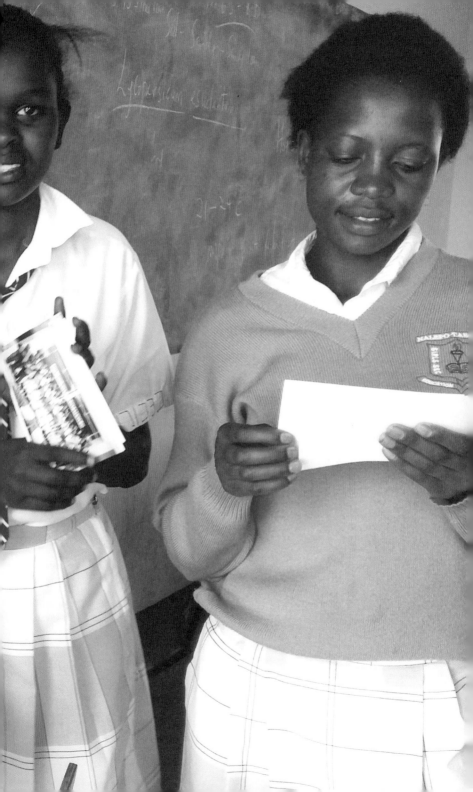

은 물통을 싣고 갈 당나귀도 참 힘이 들겠다. 케냐에서는 아이도 여자도 당나귀도 모두 물을 긷는 고된 노동을 해야만 한다. 머리 가득 물에 대한 화두가 떠나지 않는다. 어떻게 하면 하루라도 빨리 학교에 물이 나오게 할 수 있을까.

야생 토끼의 습격

지난번 나이로비로 수학여행을 다녀온 사진을 현상해 아이들에게 주었다. 사진이 귀한 이곳 아이들은 사진 속에 있는 자신의 모습을 보며 마냥 즐거워한다. 여행하던 순간들을 다시 들춰내 이야기꽃을 피우는 아이들을 보는 내 마음도 즐겁다.

'나눔과 꿈, 사업'을 진행 중인 농장을 둘러보았다. 학교마다 농장을 만들어 운영하는데 이곳 날레포에는 콩을 많이 심었다. 같은 농장이라도 한쪽은 콩이 잘 자라고 있는데 다른 한쪽은 야생 토끼가 쳐들어와 죄다 뜯어 먹어서 남은 게 거의 없었다. 아, 얄미운 토끼들. 알려주지 않아도 맛있는 것은 알아서 시금치와 콩은 모두 먹어치웠고 케일과 양파는 건드리지도 않았다. 케냐에서 농사를 짓는 동안 우리는 많은 복병들과 싸워야 하는데, 야생 토끼는 그나마 양반에 속한다. 때로는 코끼리가 나타나 농장 모든 곳을 초토화시키는 경우도 있고 병충해로 농사를 망치기도 한다. 얼마 전까지 가뭄이 극심했지만, 열심히 보살펴 잘 자라고 있었는데 토끼의 습격을 받은 것이다. 그렇게 심각한 피해를 보고도 모두가 태평스럽게 자연의 섭리라고 말하는 마사이 아저씨들에게 사인보드 설치를 도와달라고 했다. 비록 콩 농사는 망쳤으나 때로는 이렇게 느긋하고 여유 있는 이들의 태도가 마음에 든다. 그래 괜찮아, 농사는 또 지으면 되고 야생 토끼라도 잘 살면 되지.

교장 선생님 부임

교장 선생님 부재로 날레포 태공여자고등학교는 작년 1년 동안 운영에 많은 어려움을 겪었다. 드디어 2월에 기다리던 교장 선생님이 부임했다. 남성 권위적인 마사이 지역에 여자 교장 선생님이라 조금은 걱정했는데, 부임한 지 2주 만에 샘 교장 선생님은 많은 일을 해내고 있다. 한국의 불자교사들이 도움을 줘 컴퓨터와 교과서를 지원받았다. 모니터링을 간 나는 너무 놀랐다. 여자고등학교라고 특히 환경미화에 신경 쓰는 선생님과 학생들은 주변에 꽃을 심고 가꾸고 있다. 잘 정돈된 화단에 꽃으로 'Good Hands'를 만들어 고마운 마음을 표현한다.

아, 이럴 수가! 한 사람의 리더가 왔을 뿐인데 2주 만에 학교가 확 달라졌다. 이곳저곳에 뒹굴던 쓰레기가 보이지 않는다. 사물함 정리는커녕 책상조차 제 자리에 놓여있지 않던 어수선

한 교실은 이제 없다. 아이들도 밝은 모습이다. 건물 중앙에는 국기 게양대가 설치되어 있고 사무실로 들어가는 길에는 계단을 만들기 시작했다. 뒤쪽에는 전기를 끌어오기 위한 파워하우스도 만드는 중이었다.

지난 1년 동안 수정할 사항은 고쳐지지 않았고 교사들도 학생들에게 애정이 없었다. 그랬기에 이러한 변화를 바라보는 기쁨이 더 크게 다가온다. 네 분의 선생님과 교장 선생님의 열정이라면 학교 운영은 걱정 안 해도 될 것 같다.

한국의 강순남 선생님이 주신 후원금으로 교과서를 지원하기로 했다. 삼성에서 후원한 돈을 아껴 쓰고 적립해둔 돈으로는 기숙사에 모자라는 침대를 사주기로 했다. 계획을 제대로 세우고 노력해 변화를 가져온 교장 선생님이 있기에 모든 것이 빛난다. 무엇보다 기쁜 것은 학생들의 표정이다. 명랑한 웃음과 밝은 얼굴, 반짝이는 눈빛, 거기서 다가올 미래를 그려볼 수 있어 기대가 크다. 교장 선생님은 말한다.

"태공여자고등학교를 4년 안에 명문여고로 만들겠습니다."

그녀의 포부가 헛된 말잔치가 아님을 믿으며 선생님과 학생들을 응원한다. 소외당하고 억압받은 마사이 여성들의 인권을 위해서라도 이들의 맨 앞에 서서 응원하고 싶다. 저녁 해가 비추는 들판을 달려오며 많은 것을 생각하고 감사드리는 시간이다.

만다지 만들기

학부모 모임이 있는 날, 학교 발전과 아이들의 미래를 논의하기 위해 학교에 오신 부모님들을 위해 아이들은 만다지(도넛)를 만들었다. 이곳에서 만다지는 고급 음식에 속한다. 반죽을 밀대로 밀어 모양을 만들고 기름에 튀겨 설탕을 찍어 먹는 만다지는 2~3개 정도 먹으면 한 끼 요기가 된다. 음식점에서는 1개에 500원 정도에 팔고 있어 우리는 가끔 사먹기도 한다. 나는 2만 원을 지원해 아이들이 협동심을 발휘해 학교에 오신 부모님을 대접할 수 있도록 했다. 이곳에서 1만 원은 정말 큰돈이며 만 원으로 살 수 있는 것이 아주 많다. 만 원의 소중함을 생각하며 배고픔이 없는 세상이 되기를 기도한다.

학교와 농장

인키토는 지부가 있는 카지아도에서 43킬로미터나 떨어져 있고 260여 가구 약 1,560명의 주민이 사는 지역이다. 우리는 학교를 짓기 위해 여러 곳을 후보에 올려 지역 조사를 하였다. 그 지역에 초중고등학교 중 어느 학교가 필요한지, 학교를 설립하면 제대로 운영할 준비는 되어있는지, 주민들은 협조적인지 등이 평가의 중요한 부분이다. 각 지역에서 보내온 지원서를 심사하고 최후까지 남은 곳이 세 곳이었다. 그중 인상적인 것은 인키토 지역 주민들이 보내온 지원서였다. 다른 두 지역이 형식적인 내용으로 서류를 작성했던 것에 비해 인키토는 세심한 부분까지 구체적으로 명기해 지부로 가져왔다. 특히 전체 사업비의 일부를 자부담하는 원칙에 따라 우리가 제시한 준비사항들을 곧바로 실행할 수 있는 준비도 해놓은 상태였다. 우리가 원한 것은 모래와 벽돌, 학교 울타리 만들기였는데, 이는 지역 주민들에게 꽤 부담이 가는 일이었다. 그런데도 조금의 불평 사항 없이 모든 내용을 수행하겠다고 했다. 우리가 만난 지역 리더들은 교육에 대한 열정이 뜨거웠다. 관내에 16개 초등학교가 있었지만, 고등학교는 단 한 곳도 없었기 때문이다. 그들이 원한 것은 그 지역 최초의 고등학교 설립이었다(케냐의 학제에 중학교는 없다. 초등 8학년을 마치면 곧바로 고등학교로 진학하게 된다). 지역 주민들의 간절한 마음에 감동한 우리는 망설이지 않고 인키토에 학교를 짓기로 했다.

만오중고등학교는 부산 도원사 만오 스님의 후원으로 설립했다. 만오 스님은 당시 세납 80세였다. 스님의 원력은 인간 방생이라고 했다. 스님은 인간이 인간답게 살아갈 수 있도록 돕는 것을 인간 방생이라고 했다. 인간다운 삶을 유지하려면 우선 의식주를 해결할 수 있어야 하고 다음에는 교육을 통해 제대로 된 삶을 이어갈 수 있도록 해야 한다. 스님은 자신을 위한 일은 물론 법당을 새로 짓는 불사조차 하지 않고 보시금을 모았다고 한다.

케냐에 학교가 필요하다는 소식을 들은 만오 스님은 학교와 농장과 태양열 펌프를 만드는 비용을 후원해주시기로 했다. 우리는 스님의 진심을 알고 있었기에 그 후원금으로 학교가 꼭

Sherehe ya Kukamilika ya Shule ya U

인키토 만오중·고등학

The Completion Ceremony of Inkiito Man

09월 04일 ● 주관 : (사)지구촌공생회

필요한 인키토 지역에 만오중고등학교를 건립하기로 했다.

학교는 케냐 정부가 소유하고 있던 18,000평 땅에 짓기로 했다. 주변 2킬로미터 내에 초등학교가 있었지만 중고등학교는 50킬로미터나 떨어진 곳으로 나가야 있었다. 그렇기 때문에 초등학교를 졸업하고 상급학교에 진학하는 아이들은 통학하기에는 거리가 너무 멀었고 기숙사에서 생활하기 위해서는 비용이 많이 필요했다. 게다가 통학길이 너무 멀어서 아이들의 안전을 보장하기 어려웠다.

드디어 학교 지을 준비가 끝났다. 날래포여자고등학교 준공식에 참석했던 이사장 스님께서 만오중고등학교 기공식에 참석하신 것으로 공사가 시작되었다. 스님과 지역 주민들이 나란히 서서 첫 삽을 떴고 학교와 농장을 건립하기 위한 공사가 시작되었다.

지구촌공생회는 학교를 지을 때 농장을 함께 건립한다. 그런데 인키토 지역의 토질은 특이점이 있었다. 첫해에 개간한 농장에 옥수수를 심었지만 원했던 만큼 수확하지 못했다. 이곳 토양은 지질조사 결과 진흙이 많아 비가 오면 질척하게 수분을 과하게 포함했다가 건조해지면 수분이 즉시 증발해버려 흙이 매우 단단해진다는 것을 알았다. 그로 인해 토양이 숨을 제대로 쉬지 못하니 식물도 제대로 자랄 수 없었다. 문제를 발견했으니 다음에는 연구자의 도움을 받아 토양을 바꾸는 작업을 시작했다. 물이 많은 농장 흙에 옥수숫대와 콩 껍질을 잘게 썰어 넣고 섞는 작업이었다. 첫해에 심었던 옥수수는 가까운 곳에 있던 초등학교에서 말도 없이 수확해버리는 바람에 우리는 거두어들이지도 못했지만, 토양을 바꾸는 작업을 하고 관리를 제대로 하면서 농장에서 수확한 옥수수와 콩, 토마토 등은 학생들의 급식 재료가 되었다.

2017년 7월, 드디어 만오중고등학교가 완공되었다. 건물은 본관에 해당하는 교실 4칸, 교무실 1칸, 과학실 1칸을 완성하고 그해 10월에는 만오도서관과 아이들이 생활할 수 있는 기숙사까지 완공하였다. 학교와 농장을 오가는 아이들의 활기찬 모습은 바라보기만 해도 기분이 좋아진다. 나보다 홀쩍 키가 큰 아이들이 활짝 웃으며 인사할 때 지친 마음과 피곤은 어느새 사라진다.

"바다는 천 개의 강, 만 개의 하천을 다 받아들이고도 푸른 빛 그대로요, 짠맛 또한 그대로이다." 원효 스님의 글을 떠올리며 삶의 조화에 대해 생각한다.

엔지니어를 꿈꾸는 에반스

에반스 손코이는 4남매 중 둘째다. 홀어머니까지 다섯 명인 에반스의 가족은 정부 소유의 땅에 지은 임시 거주지에 살고 있다. 나무와 흙으로 얼기설기 지은 한 칸짜리 집은 어느 곳이 방이고 어느 곳이 부엌인지 구분하기 어렵다. 전기가 들어오는 것은 꿈도 꾸지 못하고 물은 멀리 떨어진 우물에서 길어 와야 한다. 에반스 어머니는 집 근처 도축장에서 일하고 형은 일용직으로 일하기 때문에 수입이 정해져 있지 않다. 에반스는 우리를 만났을 때 간절하게 도움을 원했다. 그의 꿈은 해양엔지니어가 되는 것이다.

만오중고등학교 1학년인 에반스가 좋아하는 과목은 화학이라고 했다. 대부분의 아이가 명확한 꿈을 가지고 있지 않은 점을 생각하면 목표가 있는 에반스는 친구들과 비교해 상대적으로 성숙해 보인다. 가정 형편은 어렵지만 사회성이 좋은 그 아이는 학교에서 친구들과 잘 어울린다. 잘 웃고 명랑해 보이려 애쓰는 아이를 가만히 바라보고 있으면 밝은 웃음 뒤에 숨겨진 한숨과 고단함, 외로움이 겹쳐져 안쓰럽다.

케냐의 중고등학교는 기숙사비와 학비를 포함해 1년에 70만 원 정도가 필요한데 에반스의 어머니와 형이 하루 8시간, 한 달 동안 일하고 버는 돈은 우리 돈으로 5~6만 원 정도에 불과하니 그런 형편에 에반스가 공부를 계속하는 것은 쉬운 일이 아니다.

우리는 에반스를 후원하기로 했다. 공부를 계속하겠다는 에반스의 강한 의지와 미래에 대한 희망이 있으니 분명 우리의 후원은 의미가 있을 것이다. 어려운 상황에 있는 아이들이 중도에 학교를 포기하고 나면 할 수 있는 일이 거의 없다. 일할 곳이 없는 아이들이 학교마저 그만두면 정말 갈 곳도 할 것도 없게 된다. 후원을 받게 된 에반스가 부디 여러 어려움을 이겨내고 해양엔지니어의 꿈을 이루는 있는 날이 오기를 기도한다.

어린이날 행사

한국의 어린이날은 5월 5일이지만 세계 어린이날은 11월 20일이다. 케냐의 굿 핸즈 학교는 학기를 마치며 방학식과 함께 어린이날 행사를 한다. 아이들은 한껏 들뜬 마음으로 운동장에 모인다. 학기를 잘 마친 아이들은 간소한 운동회도 한다. 어린이날 행사니 선물도 빠트릴 수 없다. 별도의 체육복이 없어 운동회를 할 때도 교복 차림이다. 여벌 옷이 없는 아이들은 학교에서도 집에서도 농장에서 일을 할 때도 교복을 입는다. 그래서 교복은 금세 실밥이 터지고 낡게 된다.

운동장에 모인 아이들이 몇 개의 팀으로 나누어 섰다. 앞사람 어깨에 손을 올려 간격을 맞추어 선 아이 중에는 운동화도 샌들도 벗어 던지고 맨발인 아이도 있다. 맨손체조로 몸을 푸는 모습이 마치 춤을 추는 댄서처럼 날렵하다. 아주 신이 난 아이들 얼굴에는 웃음이 가득하다.

긴줄넘기 선수들은 등에 스키핑 A, B, C, D 등 조 이름을 붙이고 긴장한 얼굴로 서 있다. 드디어 시작이다. 날쌔게 뛰어오르지만 줄은 번번이 발목에 어깨에 팔에 걸려 줄넘기는 중단되고 만다. 자신 때문에 게임이 멈추자 얼굴에는 무안함이 가득하다. 선생님들은 어떻게 하면 잘 넘게 해줄까 고민하는 표정이 역력하다. 팔을 높이 휘두르기도 하고 박자를 맞추어 수를 헤아려주기도 한다. 각자의 팀을 응원하는 소리가 운동장을 흔든다.

다음에는 선생님들의 이인삼각 달리기 시범이 이어진다. 세상에 이런 게임이 다 있다니, 하는 표정의 아이들이 몸풀기를 시작한다. 아이들에게는 너무도 진지하고 중요한 게임이다. 발가락을 꼬물거리고 종아리를 두드려보기도 하고 옷에 흙이 묻든지 말든지 상관하지 않는다. 오직 승리자가 되는 것에 집중할 뿐. 달리다가 다리를 묶은 끈이 풀려 허탈한 표정으로 멈춰 선 아이도 있고 허리를 단단히 잡고 열심히 달리는 팀도 있다. 운동장은 어느 때보다 들뜬 아이들의 함성으로 가득하다.

다음에는 보물찾기다. 나무 울타리 밑에서, 작은 돌 밑에서 친구들이 보물이 적힌 쪽지를 찾아낸다. 못 찾은 아이들은 양파 하우스에까지 들어가서 보물을 찾느라 정신이 없고 목이 마른 아이는 물 호스를 입에 대고 물을 마신다. 보물을 찾은 아이들과 찾지 못한 아이들의 표정은 쉽게 대비된다. 하지만 아쉬운 표정을 한 아이들도 금세 웃음을 되찾을 수 있다. 책과 학용품, 신발까지 어린이날답게 푸짐한 선물들이 준비되어있기 때문이다. 음료수까지 받아 든 아이들이 삼삼오오 모여 있고 새 신발을 신었다 벗었다 하는 아이도 있다.

이곳 아이들에게 어린이날은 정말 특별하다. 한국 아이들이 받는 선물과는 비교할 수 없이 소박한 선물이지만, 이곳 아이들에게는 큰 기쁨이다. 이날 하루 아이들은 마음껏 뛰어 놀 수 있다. 먼 곳까지 물을 길어가는 힘든 일도 잠깐은 잊을 수 있고 어린 동생을 돌보고 아픈 부모를 돌보는 일도 잠깐 멈출 수 있다. 그저 아이인 채로, 아이로 즐길 수 있는 몇 시간 동안 행복할 수 있다.

행사가 끝나고 아이들 한 명 한 명의 사진을 찍어 준다. 굿 핸즈 사인보드 앞에서 어색한 얼굴을 하고 자신의 사진을 찍는 선생님을 뚫어지게 바라보는 저 아이는 지금 어떤 생각을 하고 있을까. 부디 저 아이들이 꿈꾸는 일들이 이루어질 수 있기를 간절히 소망한다. 나 또한 원력을 세운다. 다 떨어진 교복을 입고 낡은 신발을 신고 있는 아이들에게 새 교복과 새 신발을 선물할 수 있기를, 그렇게 될 수 있기를 불보살님들께 기원한다.

신나는 수학여행

굿 핸즈의 아이들을 데리고 수학여행을 간다. 2014년부터 2017년까지 벌써 네 번째 수학여행이다. 1박 2일 일정의 여행은 굿 핸즈가 후원하는 5개 학교의 학생들이 함께한다. 지금까지 어린이날 행사는 5개 학교 학생들이 한곳에 모여 체육행사를 했다. 그런데 뭔가 아쉬웠다. 지금까지 아이들이 해보지 못한 일을 경험하게 해주고 싶었다.

아이들이 사는 카지아도를 벗어나는 일, 그 일은 아이들 스스로 할 수 없다. 누군가의 도움이 필요하고 그 도움을 줄 수 있는 사람은 바로 우리, 지구촌공생회라는 생각이 들었다.

케냐의 수도 나이로비로 여행을 가기로 했다. 비용은 군포 만수사 다래 스님과 신도님들이 후원해주었다. 이른 아침 160명을 태운 버스 3대가 나이로비를 향해 달린다. 좁은 버스 안에서 아이들은 노래도 부르고 창밖으로 스쳐 지나는 풍경에 입을 벌리기도 한다. 카지아도의 건조한 풍경과는 다른 도심의 풍경들이 펼쳐진다. 짙푸른 숲, 잘 가꾸어진 공원, 고층빌딩들.

첫 번째 방문지는 좋은 커피를 생산하는 케냐에 어울리는 곳, 루이루Ruiru 국립커피연구소다. 케냐의 국립농축업연구소에 포함된 연구소 중 하나인 루이루 단지 내에는 다양한 연구소와 농장, 공장, 대학교 등이 포함된 대규모 시설이 있다. 커피 생산에 관한 이론과 농장, 공장까지 커피 생산 전 과정을 체험해보는 시간이었다.

두 번째 방문지 케냐타 대학은 역사는 길지 않지만, 동아프리카의 명문대학으로 꼽힌다. 아이들은 도서관, 취업센터, 방송국, 전망대 등의 시설을 둘러보며 새로운 경험을 했다. 에스컬레이터는 아이들에게 놀라운 신문물이었다. 양팔에 잔뜩 힘을 주고 겁먹은 눈을 한 아이들의 허리가 구부정하다. 대부분의 사람들은 이해 못하겠지만, 두려움에 끝까지 에스컬레이터를 타지 못한 아이도 있다. 교내 식당에서 대학생 언니·오빠들과 점심을 먹은 아이들은 넓은 캠퍼스를 돌아보았다. 아이들의 마음엔 어떤 생각이, 어떤 미래가 그려졌을까. 상상할 수 없이 넓고 큰 세계가 있다는 것을 실감했을까.

키팅겔라에 있는 기술학교 NITA에서 하룻밤을 잤다. 숙소에 들어갔을 때 아이들은 화장실과 샤워기 사용법을 몰라 연신 선생님들을 불러댔다. 이곳은 아이들에게 호기심천국이다. 어떻게 머리 위에서 그렇게 깨끗하고 따뜻한 물이 쏟아지는지, 화장실은 또 어떻게 이렇게 깨끗해지는지 놀라울 뿐이다. 집에서는 꿈도 꾸지 못한 맑고 깨끗한 물이 솟구쳐 나오는 목욕시설은 물이 부족한 지역에 사는 이 아이들에게는 기적과도 같은 일이다.

기술학교 운동장에서 간소한 체육대회를 했다. 앞사람 허리를 잡고 당기는 인간 줄다리기를 하고 넓은 운동장을 한 바퀴 도는 아이들의 마음은 어제와는 또 다른 날을 꿈꿀 수 있는 시간이었을 것이다.

나이로비 국제공항은 아이들에게 가장 흥미로운 곳이었다. 담장 너머 거대한 비행기가 있는 활주로를 하염없이 바라보던 아이들. 케냐항공(Kenya Airways), 꼬리 날개에는 케냐 국기의 색깔인 검정, 빨강, 초록색이 디자인되어 있다. 수하물을 옮기는 자동차와 사람들, 대형 짐들, 비행기를 탈 때 금지해야 할 품목이 그려진 보드 앞에서 아이들은 심각한 표정을 짓는다. 마치 잘 기억해 두었다가 비행기를 타게 되면 꼭 주의해야겠다는 듯. 보안상의 이유로 한국인 프로젝트 매니저들은 안으로 들어갈 수 없었다. 케냐 선생님과 아이들은 거대한 비행기를 보면서 언젠가는 저 비행기를 타고 다른 나라로 가는 계획을 세웠을지도 모른다. 나중에 사진을 보니 아이들은 공항 건물 유리창을 청소

하는 크레인을 보고 넋을 잃고 있었다.

　해를 거듭하면서 수학여행 코스도 조금은 바뀌었다. 나이로비 국립박물관에 갔을 때도 기억이 생생하다. 조경이 잘 된 정원, 높이 솟아오르는 분수, 박물관 뒤쪽으로 보이는 고층빌딩들, 키 큰 야자나무, 박제된 야생동물, 하마와 영양과 수많은 동물이 들판을 달리는 모습이 아니라 좁은 유리 건물 안에 갇혀 있는 것을 보며 측은해하는 아이들의 표정도 있었다. 집 주변에서 흔히 보던 원숭이 가족이 전시된 모습은 충격적이었을 수도 있다. 자신들의 조상들이 생활하던 모습과 독립운동사를 듣던 아이들의 진지한 모습도 생각난다. 케냐 독립운동 당시 들판을 가득 채웠던 주검을 대하던 아이들의 눈빛이 슬픔이었는지 놀라움이었는지 구분하기 어려웠다. 살아있는 뱀을 목에 둘러보고 숲속 마을에서는 볼 수 없는 바다 동물들을 본 것도 아이들에게는 오랫동안 기억에 남을 것이다.

　국립경기장을 찾았을 때 메인스타디움 단상에도 올라가보고 케냐를 대표하는 마라토너처럼 손을 높이 쳐들던 아이들, 언젠가는 각자가 원하는 꿈에 한 발 더 다가갈 수 있기를 바란다.

　카지도아의 작은 산골 말고 세상에 얼마나 넓고 신기한 것이 많은지 확인했던 시간. 이제 좀 더 넓은 곳을 보고 싶은 아이들은 더 열심히 공부하고 자신이 원하는 것이 무엇인지 생각해볼

것이다. 콘 아이스크림을 먹는 아이들, 나란히 담장에 붙어서 신기한 세상을 보는 아이들의 교복은 실밥이 터지고 솔기가 벌어져 있다. 드물게 엄마가 꿰맨 자국도 보인다. 낡은 신발, 구멍 난 옷을 입고 세상을 바라보는 아이들이 기죽지 않고 자신 있게 달려갈 수 있기를 기원한다. 높은 빌딩 앞에서, 새 옷을 입은 사람들 앞에서 부끄러움이 아니라 반짝이는 호기심을 가질 수 있기를.

아이들은 여행하는 동안 보았던 일들을 그림과 글로 남기는 과제를 수행했다. 무언가를 열심히 생각하고 기억하며 그 과제에 임했던 아이들은 돌아오는 길에 지쳐 곯아떨어졌다. 선생님도 아이들도 피곤하긴 마찬가지여서 버스 안은 정적이 흐른다.

교장 선생님들의 한국 연수

지구촌공생회에서 지원하는 5개 학교 교장 선생님들에게 한국 연수를 시키기로 했다. 아무리 말해도 교육과 환경의 변화를 끌어내기가 어려웠다. 교장 선생님들은 한 번도 본 적이 없는 일을 실행하기가 쉽지 않은 모양이었다. 그래서 확연하게 눈으로 보여주고 싶었다. 위생이나 청결과는 거리가 먼 사람들. 그 부분에 조금만 신경을 쓰면 여러 질병으로부터 자유로워질 텐데 도무지 실천이 되지 않는다.

지부에 부임해 처음 학교에 갔을 때 입이 떡 벌어져 다물 수가 없었다. 문을 열고 들어간 교실 안은 '돼지우리'라는 말이 딱 어울릴 정도였다. 휴지가 굴러다녀도 아무도 줍는 사람이 없었다. 차를 타고 가다가도 쓰레기를 창문 밖으로 획획 날려 보냈다. 한국의 선진화된 교육시스템과 교육환경, 학생과 교사의 모습을 보여주는 것이 백 마디 말보다 효과적일 것으로 생각했다. 뜻은 좋으나 쉽게 실행할 수 있는 계획은 아니었다. 여러 번 고심 끝에 적극적으로 시도하기로 했다. 첫 번째로 해결할 문제는 예산이었다. 여러 곳에 도움을 청해 어렵게 지원을 받았고 드디어 한국으로 출발했다. 그때까지는 교장 선생님 중에도 비행기를 타본 사람이 거의 없었다. 나이로비 공항에 도착하던 그 순간부터 교장 선생님들에게 신선한 문화충격이 시작되었다.

한국에 도착하자 교장 선생님들의 표정이 바뀌기 시작했다. 한국이라는 나라가 어떤 곳인지 실체가 느껴진 모양이었다.

"한국도 예전에는 가난했다. 그래서 위생이 무엇인지 청결이 무엇인지 몰랐다. 위생 상태가 좋지 않으면 전염병이 돌고 건강에 위협이 된다. 여러분도 마찬가지다. 건강해지려면 주변의 위생부터 제대로 살펴야 한다."

케냐 교장 선생님들은 한국의 모습을 신기한 듯 둘러보았다. 깨끗한 거리와 열심히 일하는 사람들, 학교에서 아이들을 가르치는 선생님들의 진지한 모습을 보여주었다. 숙소도 호텔에서 묵지 않고 내가 아는 보살님들의 도움을 받아 홈스테이 했다. 한국인들의 생활공간에서 더 많은 것을 더 확실하게 경험하게 하고 싶었다. 그들은 가는 곳마다 놀랐다. 머리가 하얀 한국의 할아버지들이 쉬지 않고 일하고, 쓰레기 줍는 모습을 보고 난 뒤에 더 많이 놀랐다. 그런 그들에게 나는 말했다.

"저 사람들이 저렇게 열심히 살면서 번 돈으로 여러분들을 도와주는 겁니다."

그러고 나서 교장 선생님들끼리 모여 회의하는 모습을 지켜 보았다. 그들은 정말 느낀 점이 많아 보였다.

케냐로 돌아온 교장 선생님들이 나서서 교사들을 교육하기 시작했다. 우리가 지적하던 청소와 위생 문제를 교장 선생님이 교사들에게 직접 지시했다. 아이들에게 무관심했던 교사들의 태도에도 변화가 왔다. 학교 전체의 분위기가 조금씩 바뀌는 것이 보였다. 나는 아직도 부족하다고 생각했지만, 조금 더 기다리기로 했다.

기본 교육부터 제대로 할 필요가 있었다. 의식주 관련 문제는 물론이고, 인권이나 여성에 대한 인식도 바꿔야 한다. 케냐 사람들은 아직도 여자가 남자들의 재산 일부라고 생각하는 경향이 있다. 아버지가 딸을 염소 몇 마리에 팔아넘기는 것은 그런 생각이 남아있기 때문이다. 그런 인식이 만연하다 보니 성폭력이나 낙태, 원하지 않는 임신과 출산이 비일비재하다. 아버지가 누군지도 모른 채 태어난 아이들은 가난을 대물림받고 그 안에서 다시 불결함과 비위생 속에 매몰되어 살아간다. 물론 기본적인 인권도 보장받지 못한 채.

지구촌공생회가 관심을 기울이는 또 다른 일이 있다. 그들이 당장 필요로 하는 물자를 단순 지원하기보다 자립할 수 있도록 근원적 해결책을 찾아주는 일이다. 그것은 물고기를 주지 않고 물고기 잡는 법을 가르치는 것이다. 삶을 개선하기 위해 농작물 재배 방법을 가르치고 유통 방법을 교육하는 것이 바로 물고기 잡는 방법이다. 모든 지원은 무상으로 이루어지지 않는다. 현지인들은 어떤 사업이든 사업비의 10%를 스스로 부담해야 한다. 그들에게 동기를 부여하고 책임감을 느끼게 하려는 이유에서다. 학교 옆 농장에서 농작물을 생산하여 그것을 이용할 수 있도록 한다.

지구촌공생회의 봉사와 지원의 궁극적 목적은 어려운 환경에서 생활하는 주민들이 자신의 힘으로 배고픔에서 벗어나 건강하게 잘살 수 있게 하는 것이다.

교장 회의

5개 학교 교장들과 회의하는 날이다. 회의에 처음 참석한 두 학교의 교장 선생님은 조금 어리둥절한 표정이다. 만해학교 교장 선생님이 발표하는 모습을 보고 적잖이 놀란 표정이다. 올해 학교 예산과 지부에서 할 수 있는 일을 이야기했고 다음 달에 있을 교사 워크숍에 대해서 알려주었다. 어디나 그렇듯 선생님들도 각자의 학교에 예산이 없다고 엄살을 떤다. 이것도 없고 저것도 없고 해달라는 것 천지다. 그들은 내게 빚 받으러 온 사람 같다.

나는 연실 "스쿨 셀프(school self)"를 외쳤다.

노력해도 안 되는 이들의 문제도 이해는 된다. 학생 수는 늘었는데 급식용 밥솥 크기가 작다고 한다. 솥이 작아서 음식을 적게 하니 아이들에게 충분한 양을 줄 수가 없다고. 큰 솥을 사는 데 160,000실링이란다. 많은 이야기 중에 가장 시급한 것은 교사들이 생활할 사옥인 듯하다. 사옥이 없어서 정부 교사를 받을 수 없다고 한다. 정부 교사는 케냐 정부에서 월급을 해결해준다. 정부 교사가 없다면 자체적으로 학부모 교사를 채용해야 하는데 그렇게 되면 이들의 임금은 학교 운영비에서 지원해야 한다. 이것을 해결하고 나면 또 저것이 문제니 답답하다. 그러나 어쩌랴. 한 가지 한 가지 해결하기 위해 애를 써야지.

불교의 예수님

모든 인연에는 오고 가는 시기가 있다. 굳이 애쓰지 않아도 만나게 될 인연은 만나게 되고 무진장 애를 써도 만나지 못할 인연은 만날 수 없다. 시절인연이 무르익지 않으면 바로 옆에 두고도 만날 수 없고 손에 넣을 수도 없다. 사람이든 재물이든 내 품에, 내 손안에 영원히 머무는 것은 없다. 그렇게 생각하면 사람을 만나고 헤어지는 일이나 재물 때문에 속상해 하며 많은 시간을 허비하는 것은 낭비일 뿐이다. 그저 때가 되었구나, 하고 순응하는 것이 모든 것을 해결하는 길이다.

이른 새벽 눈을 뜨면 나에게 주어진 새로운 하루가 있음에 감사하다. 풍성한 식탁은 아니지만 한 끼 식사를 어려움 없이 해결할 수 있음에 감사하다. 누군가 나에게 경우에 맞지 않는 행동을 할지라도 그 사람으로 인하여 나 자신을 되돌아볼 수 있으니 그 또한 감사한 일이다.

태양의 따스한 손길에 감사하고 바람의 싱그러운 속삭임에 감사하고 나의 마음을 풀어 한 편의 시를 쓸 수 있음 또한 감사한 일이다. 이토록 아름다운 세상에 태어났음을 커다란 축복으로 여기고 가느다란 별빛 하나, 소소한 빗방울 하나에도 눈물겨운 감동과 환희를 느낄 수 있는 맑은 영혼의 내가 되리라. 인생을 살아가며 가장 중요한 것은 나를 믿고 사랑하는 것이고 내가 하는 일에 자신감을 느끼는 일이고 나에게 확신을 갖는 일이다. 가치 있는 인생을 살며 가치 있는 사랑을 하는 것이고 가치 있는 일을 하며 사는 것이 최고의 삶이고 행복이다.

"한국에서 온 불교의 예수님", 엉뚱하게도 이곳 학교에서 아이들은 나를 그렇게 부른다. 신기한 듯 멀리서 바라만 보던 아이들이 한 발 두 발 내 곁으로 왔고 어느 날부터인지 아이들과의 거리가 사라졌다. 사진 찍기를 좋아하는 아이들은 카메라를 들이대고 어떤 모습을 찍어도 싫은 내색을 하지 않는다. 마음껏 사진을 찍어 보여주면 아이들은 정말 좋아한다. 그만큼 감추고 싶은 것도 숨기고 싶은 것도 없다는 뜻이다. 예쁜 모습만 보이려 애쓰지도 않고 있는 그대로 보여주는 아이들. 두려운 눈빛으로 나를 훑어보던 아이들이 '불교의 예수님'이라는 조금은 생뚱맞은 말로 나를 불러 주기까지 지나간 시간이 새삼스럽다. 겉모습은 다르지만, 그것이 어떤 관계의 차별을 만들지 않는다는 것, 우리 모두 평등한 존재임을 알게 하는 것, 그것이 교육의 진정한 목적이다.

낯섦이 친숙함으로 변화되기까지 나와 아이들 사이에는 무한반복의 웃음과 눈빛이 오갔다. 이 또한 거스를 수 없는 인연의 덕이라고 생각한다. 참으로 감사한 일이다.

아프리카는 불교의 입장에서 아직은 미지의 대륙에 속한다. 탄자니아의 보리가람고등학교와 케냐의 지구촌공생회 활동이 아프리카에서 한국의 불교를 알리는 전부다. 그렇기 때문에 아프리카 사람들에게 부처님은 아직 생소한 존재다. 피부색이 달랐던 사람들에게 가졌던 막연한 공포심에서 벗어나 이제는 누구보다 그들을 깊이 이해하려 애쓰고 마음을 나눈다. 심성은 누구에 비할 바 없이 착하고 순한 사람들, 포근하고 여유로운 마사이 사람들과 그들의 아이들, 내겐 모두 참 좋은 인연들이다.

3.
생명의 우물

지구촌공생회는 4개국의 약 20만 명의 목마름을 해결하기 위해 생명의 우물을 파고 물탱크를 건립하여 관리하고 있다. 지독한 목마름에 시달리는 사람들은 동물의 배설물이 떠 있는 웅덩이 물조차 거부할 수 없다. 수인성 질환을 불러오는 죽음의 물을 마신 아이들이 15초에 한 명씩 소중한 생명을 잃는 곳에서, 오늘도 우리는 그들에게 희망의 물줄기를 선사하기 위해 활동을 멈추지 않는다. 메마른 대지를 뚫고 솟아나는 맑은 물줄기는 목마른 땅, 굶주린 땅 케냐의 희망이 된다. 우리는 카지아도 주 13,544명의 사람들을 위해 핸드 펌프와 모터 펌프, 솔라 펌프를 설치하였다. 이후 우리는 정기적인 식수 펌프 점검과 수리를 통해 물이 부족한 지역에 안전한 식수를 공급하기 위해 노력하고 있다. 물은 생명이다. 생명의 물을 모두에게 줄 수 있는 그날까지 우리는 멈추지 않을 것이다.

물을 찾아서

식수 문제를 해결하러 들판으로 나가는 날이다. 약속했던 수맥 조사자와 함께 마을에서 좀 떨어진 곳으로 나갔다. 수맥 조사자는 무거운 가방을 내려놓고 탐사봉을 꺼내 들었다. 손잡이 부분이 기역자 모양으로 구부러진 쇠막대기 두 개였다. 양손에 탐사봉을 든 남자가 마른 풀을 헤치고 모래땅을 오가는 동안 우리도 그 사람 뒤를 졸졸 따라다녔다. 어느새 구경 나온 마을 사람들까지 꼬마 기차놀이하듯 우리 뒤를 따라왔다. 꽤 오랫동안 부지런히 이곳저곳을 오가더니 남자가 고개를 갸웃거린다. 똑같은 과정을 몇 번이나 반복하는 모습을 봐서는 오늘 탐사가 별로 희망적으로 보이지 않는다. 하지만 마을 사람들의 얼굴은 이미 물길을 찾은 것처럼 환한 얼굴이다. 자기들끼리 얼굴을 맞대고 웃기도 하고 박자를 맞춰 걷기도 한다. 마치 춤동작을 선보이는 것 같은 가벼운 몸짓이다. 그들 생각에는 전문가가 왔으니 수맥 찾는 일이 어렵지 않다고 생각하는 모양이다. 언제나 잘 웃기 때문에 나는 마사이 사람들의 감정을 바로 알아채지 못한다. 역시나 작업이 신통치 않은지 남자가 온 길을 다시 가더니 이번에는 노란 꽃이 핀 들판으로 범위를 넓혀 부지런히 걸음을 옮긴다. 마을 사람들의 기대가 큰 것을 알기 때문에 그도 시간이 더 걸리더라도 끝까지 물길을 찾을 셈이다.

시간을 투자하고 정성을 다 해도 우물 파기는 때로 실패한다. 수맥을 발견해도 충분한 양이 없는 경우도 있고 현지의 작업자들과 시간이 맞지 않아 제때 하지 못하는 경우도 있다. 시간이 너무 지체되어 오늘은 그만하자고 했다. 수맥 검사는 나중에 한 번 더 하기로 하고 학교 현장으로 돌아왔다. 월요일부터 지역 조사와 주민 미팅이 다시 시작되고 화요일에는 엔요노르 영화초등학교에 가야 한다. 수요일에는 인수인계가 있고 목요일과 금요일에는 나이로비에 다녀와야 하고 인키니 농장에서는 MOU 체결이 있다. 아직 회복되지 않은 몸을 빨리 추슬러야 일정을 차질 없이 해나갈 수 있다. 일을 제대로 하기 위해서는 휴식도 필요하다.

인코니에니로 식수 모니터링을 가다

식수 모니터링을 위해 인코니에니에 간다. 카지아도 타운 동쪽 끝에 있는 마을로 타운에서 4시간 정도 걸리는 곳이다. 다른 날보다 유난히 건조하다. 두 손을 비비니 서걱서걱 마른 소리가 난다. 한낮의 태양은 살을 익힐 듯 내리쬔다. 어제 화가 끓어올랐던 것을 알아차리고 다행히 문제점을 찾아 살며시 내려놓을 수 있었다. 첫 마음으로 돌아가 천천히 조금씩 나아가려고 숨을 고른다.

목말라 하는 이들의 심정을 잊지 않기 위해 농장 워커들과 땀 흘리며 일할 계획을 세운다. 시설 점검이다, 학교 운영위원회다, 주민과의 대화다 해서 실질적으로는 농장에서 길게 일할 시간이 없었다. 그동안은 프로젝트 매니저들도 나도 형식적인 체험으로 끝나버렸던 것 같다. 급수 시설이 갖춰진 곳에서 일하는 사람들은 자신들이 불과 얼마 전까지 겪었던 고통을 기억하지 못한다. 타들어가는 대지에서 한 통의 물을 얻기는 얼마나 어려웠던가. 수 킬로미터를 걸어서 오가던 고통이 그리 쉽게 잊히다니, 과연 그것이 인간의 한계일까.

하지만 케냐의 자연이 나에게 평온함을 주듯 나도 모든 사람에게 평안함을 주고 싶은 마음이다. 허물을 지적하지 않고 더 잘한 것을 찾아 칭찬하는 마음을 담고자 한다. 그것이 궁극에는 사랑하는 마음임을, 모든 인류는 동업중생이라 커다란 그물에 함께 매달린 존재라는 것을 받아들인다.

아프리카 아카시아에 흰 꽃이 핀다. 우기가 다가온 것이다. 이 아카시아는 기린이 좋아하는 나무인데 꽃이 진 후에 달리는 열매에 단백질이 많이 들어 있다고 한다. 기린과 눈을 마주친 적이 있다. 고요히 나를 보던 기린의 눈동자를 떠올린다. 긴 목을 뻗어 허공에 세운 채 저를 바라보는 나를 한동안 바라보던 눈을, 무욕의 눈동자였다. 어쩌다 마주친 인간을 향해 불안한 내색도 없이 경계심도 없이 무연히 선 채로 허공을 응시하다 나를 보던 눈. 한동안 그렇게 나를 바라보던 기린이 큰 몸을 돌려 성큼성큼 걸어갔다. 선 채로 그 자리에서 나를 보던 기린처럼 나도 내가 있는 자리에서 가만히 사람들을 들여다보아야겠다. 고요히 시선을 맞추고 사랑하는 마음으로 안아주어야겠다.

나보이쇼 핸드 펌프

이곳에 온 지 얼마 안 된 직원은 아직 업무에 익숙하지 못하다. 인내심을 갖고 기다리는데 자꾸만 내 마음이 급해진다. 이대로 계속 가면 결국 불만이 터져버릴 것 같은 생각에 조마조마하다. 소통이 잘 안 될 때는 말문을 닫아버리는 것이 서로에게 나은 것 같다. 시간이 지나고 하루하루 견디다보면 서로의 입장과 마음을 이해할 순간이 오겠지. 좀 더 시간이 필요한 거겠지. 기다리다보면 끝이 보이지 않겠는가.

나보이쇼에 핸드 펌프 문제를 해결하러 가는 길이다. 지부를 나섰지만 머릿속은 여러 생각으로 지뢰밭이다. 그것도 뇌관을 밟고 있어서 조금만 잘못 움직이면 즉시 터져버릴 것 같은 상태. 현지 목사는 핸드 펌프가 너무 깊어 힘이 든다고 했다. 차라리 강을 막아 더 많은 물을 모아두고 싶다고 했다. 그렇게 되면

애초에 생각했던 것보다 사업비가 많이 든다. 한번 확정한 사업비는 쉽게 늘릴 수 없는데 좋은 방법이 있을까. 미리 겁먹은 사람처럼 가슴이 답답하다. 우리 힘으로 불가능한 것을 요구할 때 거절을 할 수는 있지만 뒤끝은 너무 불편해진다. 거기다 여러 상황을 살펴볼 때 꼭 도와주고 싶은데 어떤 돌파구를 찾아낼 수 있을지 차를 타고 가는 내내 긴장이 풀리지 않는다.

　조직의 업무는 어느 한 부분이라도 역할 분담이 되지 않으면 조직원 모두가 힘들게 된다. 새로 온 직원이 빨리 업무에 익숙해지길 바라는 외에 방법은 없다. 업무가 유기적으로 돌아가지 않고 어느 한 곳에서 브레이크가 걸리면 갈등이 시작된다. 현장에 자주 나가서 직접 부딪치면 업무 파악에 도움이 될까, 아니면 더 많은 정보를 직접 전해주어야 할까. 그것도 아니면 본인의 역할이 무엇인지 명확하게 파악할 수 있도록 업무 내용을 세세하게 지시하는 것이 좋을까. 이런저런 방법을 고민하면서도 새로 온 직원에게 거는 기대가 크다. 업무에 지나치게 조심스러운 것은 자신감이 없다는 증거다. 어떻게 하면 효과적으로 도움을 줄 수 있을까. 이 궁리 저 궁리 머리를 굴려보지만 별로 희망적이지는 않은 듯하다. 짜증이 나기 시작한다. 같은 말을 반복하기도 한다. 결국, 말은 줄어들고 사무실은 침묵의 감옥으로 변했다. 조용하지만 좋은 분위기라고 할 수 없는 조용함이 계속되었다.

넓게 보려 애쓰지만 사무실 분위기는 여전히 만족스럽지 않다. 만남은 한정되어 있고 좁은 근무환경에서 내 성질대로 하지 못하고 어정쩡한 포지션을 유지하다보니 결국 참을성에 한계가 왔다. 기다리는 내 모습이 배려가 아니라 감시처럼 보이는 모양이다. 속 시원하게 문제점을 이야기해주는 것이 좋을 것도 같다. 상처받을 것을 생각해 몇 번을 기다렸는데, 이젠 더 기다릴 수가 없다. 단순하게 보면 세대 차이, 문화 차이, 성격 차이 등 차이가 존재한다.

넓은 세상을 뛰어다니며 활개를 쳐야 하는데 울안에 갇힌 짐승이 된 양 답답하다. 이곳으로 왔을 때의 첫 마음을 되짚는다. 성급해지는 나 자신이 실망스럽다. 기도를 마치고 앉아 있는데 누군가 자꾸만 속삭이는 것 같다. 웃으면서 살자는 너의 신념을 잊지 말라고.

머리가 아주 무겁다. 미워하는 마음 없이 중년 히스테리가 아닌 어머니의 따뜻한 마음으로, 수행자의 지혜로운 마음으로 케냐의 모든 사업과 이들에게 주는 희망의 메시지를 살피게 해주세요. 오늘 시험 삼아 심은 마늘이 성공적으로 싹을 틔우고 잘 자라 인키니의 새 희망이 되기를 두 손 모아 기도한다.

물 한 통

우리는 더 넓은 지역, 더 많은 사람에게 도움을 주기 위해 노력한다. 엔요뇨르, 올로레라, 날레포, 인키토, 올마피테트 등 학교와 농장이 있는 지역 외에도 지구촌공생회에서 관리할 수 있는 곳이라면 새로운 지역을 더 개척하고자 한다. 지역 조사 마지막 날 마가디에 도착했다. 카지아도 타운에서 160킬로미터나 떨어진 그곳은 멀어도 너무 멀었다.

아침 8시 40분에 출발해서 도착하니 오후 1시였다. 카지아도 타운에서 오는 동안 큰 마을로 이신야를 거쳐 키세리안, 마가디를 거쳤다. 마가디에서 점심을 먹은 외에 특별히 휴식을 취한 것도 아니었으니 자동차로 꼬박 4시간을 달려왔다. 목이 칼칼하고 다리도 저릿저릿하다. 그 외에도 작은 마을까지 합하면 꽤 많은 마을을 지나왔다. 이따금 녹색이 보이는 곳도 있었지만 대부분은 마른 평원이 이어졌다. 끝없이 넓게 펼쳐진 평원은 일모로그 평원이라고 했다. 날은 한결같이 더웠다. 케냐에 오기 전 상상했던 아프리카, 딱 그 정도의 아프리카다운 날씨다. 흐르는 땀은 둘째고 숨이 턱턱 막힐 정도다. 그런데 이곳은 물이 필요한 지역이긴 하지만 왠지 가난한 동네는 아닌 듯한 느낌을 준다. 공장 때문일까? 지하자원이 많아서일까? 어쨌든 이곳은 우리 사업 지역과 거리가 너무 멀어 접근성이 떨어지고 관리 가능 지역에서 벗어난다. 더 중요한 점은 우리의 도움이 절박하게 필요한 것 같지 않다는 점이다. 다른 지역과 비교할 때 빈곤의 정도가 조금 덜하다는 의미다.

지역 조사를 나가보면 정말 당장이라도 우물을 파주고 염소를 몇 마리 사주고 싶을 만큼 어려운 마을이 있다. 가난에 찌든 얼굴, 배고픔에 이력이 난 사람의 얼굴에는 딱히 표정이라고 할 만한 것이 없다. 그저 지치고 힘에 겨운 삶을 말없이 보여줄 뿐이다. 그것은 설명이 필요 없는 상황이다. 그들은 말 한마디도 헤프게 하고 싶지 않을 만큼 절망적인 상태로 우리를 맞이한다. 그들의 언어는 소리가 아니라 눈에 보이는 모습으로 우리에게 다가온다. 눈물, 이곳에서 눈물은 세상에서 가장 큰 연민을 불러일으키는 뜨겁고도 아픈 낱말이다.

그들을 따라 들판으로 나가본다. 오래전 팠다는 우물은 말라

버렸고 들판의 작은 웅덩이는 사람과 동물이 함께 마시는 웅덩이가 되어 있다. 휘저어 진흙탕이 된 우물, 염소와 소가 물을 마시고 간 자리에 어린 소녀와 여자들이 있다. 야윈 엄마의 품에는 더 야윈 아이가 있고 머리에는 물통이 올려져 있다. 몇 시간을 걸어온 어린 소녀가 물 한 통을 길어 들고 가는 풍경은 보는 것만으로도 가슴에 통증이 인다. 물통 하나를 들어올리기에도 벅차 보이는 엄마의 등에 매달린 아이는 기운이 없어 칭얼대는 소리조차 내지 못한다.

물은 우리 삶의 풍요와 결핍을 결정하는 중요한 요소다. 과거에 공기만큼이나 평등하게 누릴 수 있던 물에 대한 사용권은 이미 매정한 자본의 손에 넘어가 있다. 특히 이곳에서는 물을 가진 사람, 우물의 주인이 많은 것을 좌지우지한다. 모든 생명의 원천인 물은 케냐의 산골 마을에서 금덩어리만큼이나 귀한 것이 되었다. 지역 조사를 거쳐 정말 물이 필요한 곳에 핸드 펌프를 설치하고 식수를 마련하는 일은 그 과정이 길고도 어렵다. 우선 땅속 깊이 숨어 있는 물을 찾는 것이 첫째 과정이다. 물론 아무나 할 수 있는 일이 아니기에 전문가를 불러야 한다. 그곳에 충분한 양이 있는지 확인에 확인을 거쳐 마침내 가장 많은 양의 지하수가 있는 곳에 관정을 박는다.

펌프

공사 차량은 나이로비에서 오는데 크기도 대단히 크고 인부도 여러 명이 필요하다. 지축을 흔드는 요란한 소리와 함께 땅속 깊이 관을 박고 기계로 물을 끌어올린다. 처음에는 황토물이 조금씩 올라오다가 어느 순간 분수처럼 힘차게 물이 뿜어 나온다. 솟구치던 물이 맑은 물이 되고 수량이 충분히 감지되면 핸드 펌프를 완성하기 위한 작업에 들어간다. 관을 연결해 물길을 잇고 펌프를 박는다. 주변을 단단한 콘크리트로 마감하고 시공 일자와 작업자의 이름도 적는다. 물론 후원하는 단체나 개인의 이름도 새긴다. 모든 것이 정비되면 시설물을 보호하기 위한 울타리도 만든다.

그런 작업은 하루에 이루어지지 않는다. 어느 곳에서는 며칠씩 걸리기도 하는데 지역 주민들은 우물 파는 과정을 구경한다.

숨을 죽이고 이제나저제나 물이 나오길 기다리다 마침내 물길이 터져 솟아오르면 손뼉을 치고 환호한다. 그때의 감격스러운 표정은 말로 다 표현하기 어렵다. 처음 관정에서 물이 뿜어져 나왔을 때는 나도 그랬다. 얼마나 기쁘던지 세상에 태어나 이렇게 신나고 뿌듯한 적이 있었나 싶었다. 가슴이 뛰고 벅차올랐다. 맑은 물을 받아 마시고 얼굴과 손을 씻고 더없이 행복한 표정을 짓던 사람들, 그런 사람들이 있어 우리는 이 일을 계속할 수 있는 건지도 모른다. 굳이 소리 내어 감사함을 표하지 않아도 치솟는 물만큼이나 흥분한 그들의 표정에서 우리는 에너지를 얻는다. '당신은 나의 에너지'라는 광고 속 노래처럼 힘이 된다. 지부에 도착하니 9시 30분, 몸도 마음도 힘이 들었다.

부처님, 내일도 변함없이 제게 일할 힘과 용기를 주십시오.

보홀 드릴링

관정을 뚫을 차가 왔다. 물이 있을 만한 곳에 구멍을 뚫고 관을 박는다. 주민들은 이런 복잡하고 지루한 과정들을 흐트러짐 없이 바라보고 있다. 기술자와 주민과 학생들, 지구촌공생회 직원들도 모두 큰 기대를 갖고 작업 과정을 지켜본다. 기계음과 함께 뽀얗게 흙먼지가 일며 땅속으로 구멍을 뚫는 관이 들어간다. 2일 차에 물이 올라오기 시작한다. 마른 대지에 물길이 번진다. 살아 숨 쉬는 동물처럼 경사로를 따라 흘러간 물이 땅을 적신다. 붉은 흙물이 사라지고 맑은 물이 솟아나자 사람들이 몰려들어 물을 받아 마시고 얼굴을 씻고 난리도 이런 난리가 없다. 공사가 끝났다. 주변을 안전하게 정리하고 물이 지속해서 나오는지 확인한다. 마을 사람들은 노란 물통을 들고 와 물을 받고 아이들은 마음껏 얼굴과 손을 씻는다. 모처럼 활짝 웃는 얼굴이

보기 좋다. 이제 주민들이 물을 잘 지키고 잘 쓰는 일만 남았다. 누군가 공중에 뿌린 물이 진주알처럼 영롱한 빛을 내며 땅으로 쏟아진다. 또 해냈다는 뿌듯한 마음으로 기쁨이 충만하다.

당나귀도 찾아오는 우물

올고스 마을에 모닝터링을 갔다, 핸드 펌프가 잠겨있어 관리인을 찾으러 간 사이, 인기척을 들은 당나귀가 물을 달라고 찾아왔다. 당나귀도 고여 있는 더러운 물은 먹기 싫은지 옆에 있는 그릇에 입을 댄다. 그릇에 물을 부어주니 한 통이나 먹는다.

식수 개발을 위해 관정을 100m나 박았는데 물이 나오지 않았다. 물은 자그마치 지하 130m나 파고들어 가야 있다고 하고 그러면 핸드 펌프 시설로는 물을 끌어올릴 수 없다. 모터 펌프를 설치해야 하는데, 그 작업은 돈이 무척 많이 든다. 어떻게 해야 하나 고민만 거듭하고 있다. 하지만 좌절만 하고 있으면 희망이 생기지 않는다. 물은 생명수이다. 사람도 가축도 농사도 물이 없으면 아무것도 할 수 없다. 무심코 흘려버린 물, 이곳에 와서 물의 소중함을 절실하게 느낀다.

물통

올로레라 태공초등학교가 있는 마을에 식수를 찾기 위해 지질 검사를 나갔다. 일 년 전에 관정 굴착을 했으나 물이 없어 포기했다가 다시 지질 검사를 진행하게 된 곳이다. 물이 나오기를 간절히 원하는 동네 사람들이 모두 기도하는 마음으로 작업을 지켜보고 있다. 이 마을 사람들은 물을 얻기 위해 7킬로미터를 걸어가서 물을 길어 온다. 이번에는 꼭 물길을 찾을 수 있기를 염원한다.

케냐 국경지대에 있는 미톤 마을을 방문했다. 미팅하는 데 시간이 오래 걸리고 거리가 멀어 힘들었지만, 그들에게 신기하기만 한 나의 핸드폰이 그들과 소통할 수 있게 했고 가까이 갈 수 있게 하는 역할을 했다. 사람과 가축이 공유하는 이들의 물탱크. 사람도 가축도 물을 위해 수십 리를 오간다.

아이들과 당나귀와 여인들이 차례를 기다리며 나란히 줄 서 있다. 마사이족 여인들의 삶은 고단하다. 집안일도 해야 하고 물을 구하기 위해 멀리 4~7킬로미터 떨어진 우물까지 가야 한다. 물통에 달아 놓은 끈을 이마에 걸고 등에 지고 돌아가야 하는 길이다. 여인들이 지는 물통의 무게를 나는 잠깐 동안도 들지 못한다. 물통을 들려다 주저앉는 나를 보고 웃었다. 여인들은 덕분에 깨끗한 물을 마실 수 있어 고맙다고 인사한다.

주변에는 여름 선인장 꽃이 아름답게 피었다. 노란 선인장 꽃 옆에 그녀들을 서게 하고 사진을 찍어주었다. 물을 얻기 위해 5~6시간을 걸어서 오는 사람들, 건기에 접어든 지금 이곳의 산천은 다 말라 있다. 가축들은 먹을 것이 없어 죽어가고 있다. 사람들 말에 의하면 아카시아에 꽃이 피면 머지않아 비가 온다고 한다. 어서 비가 내리기를 기도한다. 드넓은 평원이 초록으로 물들 수 있도록 흠뻑 내리기를.

오늘도 물을 기다리는 사람들의 간절함이 나를 힘들게 한다. 지역 조사 5곳을 거쳐 설치할 핸드 펌프는 2곳뿐인데 어느 마을에 설치해야 할까. 사람들은 모두 자기네 동네가 더 급하다고 하고 관리도 잘하겠다고 한다. 어떤 마을에서는 강바닥을 파서 물을 길어가고 물 앞에서 사람도 염소도 물 마실 순서를 기다린다. 그 광경을 보며 그나마 이 마을은 강바닥을 파서 물을 얻을 수가 있으니 다행이라 여기며 더 급한 다른 지역을 생각한다.

센터로 돌아오는 길에 우아한 모습으로 우리의 시름을 달래 주는 기린을 만났다. 가시덤불 너머 평원에 긴 고개를 하늘로 향한 채 서 있는 기린은 아프리카에서 보아도 신기하다.

에볼라 바이러스 때문에 손 놓고 있다가 언제까지 미룰 수가 없어 일주일에 한 곳씩 지역 조사를 하러 나섰다. 이번에 간 곳은 탄자니아와 국경을 마주하고 있는 나만가 지역이다. 산속으로 1시간 넘게 들어가 차를 세워놓고 걸어서 들어갔다. 얼마를 걸었을까. 아카시아 기둥이 연두색을 띠고 있는 것을 보았다. 사람들은 그런 나무가 있는 곳에 수맥이 흐른다고 한다. 두 곳을 둘러보고 다시 자동차를 타고 40분쯤 거리에 있는 볼에 들렀다. 아이들이 가축에게 물을 먹이러 나왔는데, 소중하게 들고 있는 것은 검정 비닐로 둥글게 뭉쳐 만든 축구공이다. 모래밭에서 두꺼비집 짓기를 하는 아이들도 보였다. 사람들을 만나고 돌아오는 길은 고단하지만 즐겁고, 마음이 아프지만 행복하다. 이들이 불러주는 나의 이름 '나라마트naramat(남을 크게 돕는다)'는 나에게 용기를 준다. 형과 누나들을 따라 노란색 작은 물통 끈을 이마에 걸고 집으로 가는 저 아이들에게 물이라도 실컷 줄 수 있으면 얼마나 좋을까.

국회의원의 협약서

카지아도주에는 5명의 국회의원이 있는데 서쪽 지역을 관장하는 국회의원과 만나 우리가 식수 관정 굴착을 하면 국회의원이 모터 펌프를 설치하는 협약서를 받기로 했다. 말 바꾸기를 잘하는 국회의원이라 그의 사인이 들어간 문서를 받아 두지 않으면 무효가 될 수 있기 때문에 협약서는 중요한 양식이다. 다행히 오늘은 이 지역 면장들이 다 모인 장소에서 '굿 핸즈'를 소개하고 서류도 작성해서 면장들에게 보여주어 마음이 놓인다.

다음에 우물을 설치할 곳은 보건소가 있는 곳으로 최근에는 물이 없어 산모가 출산을 하고도 신생아와 산모를 목욕시킬 수가 없다고 한다. 물 부족이 그 지경에 이르렀으니, 환자 위생에도 문제가 많았을 것이다. 우리는 그곳을 우선적으로 지원하기로 하고 지질 검사를 통해 관정 굴착에 들어가기로 했다. 국회

의원도 바로 모터 펌프를 설치하여 감염으로 인한 신생아 사망률을 줄이겠다고 한다.

핸드 펌프와 울타리

지부에서 가장 멀고 길도 가장 험한 나보이쇼 지역을 다녀왔다. 작년 이곳에 설치했던 핸드 펌프가 고장이 나서 사용할 수 없다고 지역 주민들이 지부를 방문했었다. 그들은 돈을 모아 핸드 펌프가 고장 난 이유가 무엇인지 조사했고 우리는 펌프를 새롭게 설치해주었다. 요즘 카지아도는 죽음과도 같은 극심한 가뭄이 찾아와 많은 사람이 물을 얻기 위해 먼 길을 떠난다. 막상 길을 떠나기는 하지만 그들이 어디에서 얼마나 물을 구할 수 있을지 걱정이다. 나보이쇼에서 펌프질을 해보니 부드럽게 작동이 잘 된다. 목마른 소가 우물을 찾아와 물속에 얼굴을 박고 물을 마시는데 좀처럼 자리를 양보할 것 같지 않다. 그 소가 자리를 비우지 않자 밖에 있던 소가 참지 못하고 울타리를 넘어뜨리고 핸드 펌프 옆으로 다가온다. 줄을 잘 서는 소가 얼마나 목

이 탔으면 펜스를 넘어올 생각을 했을까 싶어 한참을 보고 서 있었다. 하굣길 아이들 손에는 작고 노란 물통과 컵이 한 개씩 들려 있다. 우리는 지역 대표를 불러 가축들이 물을 마실 수 있게 해주고는 가축들이 못 들어오게 펜스를 다시 치라고 하고 돌아왔다. 늘 험한 곳을 다녀오는 우리를 위로해주는 황홀한 아프리카의 자연이 가까이 있어 잠시나마 행복하다. 평야 가까이 내려앉은 하늘이, 불타는 저녁노을이, 줄무늬가 선명한 얼룩말과 야생화들이 우리에게 새 힘을 주는 고마운 것들이다.

10킬로미터

지부에서 45킬로미터 떨어진 올라이보라지직과 50킬로미터 떨어진 올레나라우 두 곳을 다녀왔다. 한국에서야 50킬러미터도 도로사정이 좋으면 30분 만에 갈 수 있는 거리지만 이곳에서는 비포장도로로 2시간 이상을 가야한다. 두 지역 모두 지역 주민들이 열정을 가지고 우물을 관리하고 있다. 큰 문제점이 보이지 않아 만족스럽게 모니터링을 마치고 아카시아 그늘에서 라면을 끓여 먹었다. 역시 야외에서 먹는 라면 맛이 최고다. 이것을 힘든 출장에 대한 보상이라고 생각하며 라면 한 그릇의 행복을 소중하고 즐겁게 받아들이는 단원들이 고맙다.

가야 할 곳은 많지만 지치지 말자, 생각하며 또 길을 나선다. 이번에는 핸드 펌프 하나를 설치하기 위해 5곳의 지역을 조사한다. 얼마나 물이 필요한지, 주민들은 얼마나 살고 있는지, 지역 주민들의 관심도를 살피고 사유지가 아닌 공유지를 조사하여 펌프 설치할 곳을 조사한다. 오늘 조사한 곳 중 한 곳은 개인 소유의 땅인데 우물을 파주면 기증하겠다고 한다. 지금까지의 경험상 그런 말은 믿을 수가 없어 조사도 안 하고 돌아서 왔다. 다른 지역에서도 좋은 뜻으로 받아들여 우물을 파주었는데, 물을 팔아 자신의 이익을 챙기는 경우가 있었다.

두 번째 방문한 곳은 너무 열악한 곳이라, '어쩌나…' 하는 말만 계속할 수밖에 없었다. 180가구의 주민들이 사는 그 마을 사람들은 물을 얻기 위해 10킬로미터를 간다고 하는데, 내가 보기에는 그것도 직선거리일 때 그렇고 실제로는 더 멀어 보인다.

지역 주민들이 힘을 모아 팠던 저수지 물은 오염 한계를 넘어서 있었다. NGO단체서 왔다는 말에 금세 20~30명이 모였다. 지난주 일요일 하이에나의 공격을 받았다는 당나귀는 한쪽 엉덩이를 잃었는데 상처 부위에서 살 썩는 냄새가 역겨울 정도로 심하게 났다. 그래도 다행인 것은 주위에 노란 엄브렐라 트리가 있다. 그 나무가 있는 곳에는 물이 있다고 하기 때문이다. 현재까지는 이 마을 상황이 가장 심각해서 당장이라도 우물을 파주고 싶은 마음이다. 지부에서 75킬로미터 떨어진 마사이 산속 마을, 사람 사는 세상이야 어찌 돌아가든 하늘은 무척이나 푸르고 구름 그림자는 내 발등을 덮고 있다.

태양열 펌프

케냐 지부는 후원하는 모든 학교에 태양열 펌프를 설치해준다. 오늘 태양열 펌프를 설치하기 전에 케냐에서 수질이 제일 좋다는 빗물 취수 장치를 학교에 설치했다. 지역 주민들 스스로 준비하게 하고 함께 땀을 흘리며 커다란 물탱크를 설치했다. 태양열 펌프는 쏠라 패널을 설치해 지하에서 물을 끌어올린다. 날씨가 좋아 해가 강하게 내리쬐면 1~2시간 만에도 1만리터들이 물탱크가 가득 찬다.

태양열 펌프를 설치하는 비용은 약 4,000만 원으로 핸드 펌프 설치 비용의 두 배가 들지만, 그만한 비용을 투자할 만한 충분한 이유가 있다. 옥상에 설치한 물탱크에 호스를 연결해 수도꼭지를 달면 우리가 사용하는 상수도처럼 편리하게 물을 쓸 수 있다. 하지만 이런 시설을 가정마다 설치할 수 없으므로 학교 밖 마을주민들이 사용하기 편한 곳에 펌프를 설치한다. 시설 설비가 끝나면 우리는 모든 것을 물 운영위원회에 맡긴다. 교장 선생님과 마을 대표 여러 명이 주축이 된 운영위원회는 지하 깊은 곳에서 끌어올린 소중한 물을 여러 사람이 함께 사용할 수 있도록 관리한다. 염소는 20실링(한화 200원), 소는 40실링(한화 400원)의 물값을 받고, 마을 주민들이 사용하는 20리터 물통 하나에 20실링을 받는다. 동물이 마시는 물값에 비해 사람들이 사용하는 물값은 저렴하다. 물값은 학교운영비, 시설 보수 유지비, 기타 필요한 경비로 사용한다.

태양열 펌프가 완성되었으니 방학이 끝나 아이들이 학교로 돌아오면 걱정 없이 물을 쓰고 농사도 지을 수 있다. 부지런히 공부하고 텃밭에 작물을 심어 가꾸면 아이들의 삶이 지금보다는 조금 더 나아질 수 있으리라 믿는다. 단 1%만이라도 그들의 삶이 향상되기를 소망한다.

4.
인키니 농장

인키니에는 지구촌공생회 최고의 농장이 있다. 급격한 기후변화로 삶의 터전을 잃어버린 유목민들에게는 스스로 일어설 수 있는 기반과 용기가 필요하다. 지역 주민들에게 자립의 힘을 심어준 푸른 농장, 인키니 농장에서 우리는 다양한 채소와 곡물을 심고 가꾼다. 인키니 지역에서 121가구 약 700여 명의 주민들과 함께 농장을 운영하며 농업교육을 통해 수확한 작물을 유통하고 그 소득으로 자립의 희망을 키운다. 오늘보다는 내일이, 내일보다는 모레가 더 나아질 것을 믿으며 최선을 다한다. 케냐에 처음 가겠다고 하였을 때도 지구촌공생회 이사장 스님께서는 농장을 정상화 시키라는 부탁을 하셨다. 유목민인 이들에게 농사짓는 방법을 가르쳐서 정착하는 삶을 살 수 있도록, 마을 사람들이 스스로 자생할 수 있는 삶을 살 수 있도록 도와주라는 것이다. 너무나 큰 숙제를 가지고 케냐로 갔고, 그곳에서 많은 이야기를 만들어 내면서 비로소 그것 하나만을 바라보고 갈 수 있게 되었다.

인키니 농장

인키니 농장은 2009년 12월 한국국제협력단과 지구촌공생회 후원자들의 지원으로 설립했다. 농장은 약 8,400평 부지에 건립하였고 실제 경작은 약 6,000평에서 이루어진다. 메마른 황무지나 다름없었던 이곳에 농작물 경작이라는 새로운 역사가 되었다. 케냐의 식량부족 농가는 24~41%에 달하는데, 1~3월, 9~10월까지 식량 위기가 가장 심각하다고 한다.

케냐 토양의 특성은 산성토양으로 유기물, 질소, 인산, 석회가 부족해 농사가 쉽지 않다. 거기에 건기에는 비가 내리지 않아 농업용수가 부족해 더욱 어렵다. 여러 가지 방법을 모색한 끝에 새롭게 모터 펌프를 설치하기로 했다.

인키니 농장 가까운 곳에 있는 민세지는 2010년 이사장 스님이 민세상을 수상한 상금으로 만든 저수지다. 민세상은 평택 출신의 항일 민족운동가 민세民世 안재홍安在鴻(1891~1965) 선생이 일생에 걸친 사회 통합과 한국학 진흥 정신을 선양하기 위해 제정한 상으로 이사장 스님은 당시 '함께일하는재단' 이사장으로 제1회 사회통합부문 수상자가 되었다.

마실 물도 부족한 케냐에서는 저수지란 흔치 않은 시설이다. 우리가 케냐에 만든 민세지의 규모는 가로와 세로가 40미터이고 깊이는 5.5미터로 물이 가득 차면 약 8,800여 톤에 이른다. 우기에 내린 빗물을 이곳에 저장해 두었다가 물이 부족할 때 쓰기 위한 시설이다. 민세지를 만들면서 인키니 농장은 심각한 물 걱정에서 벗어날 수 있게 되었다.

우리는 저수지를 만들고 모터 펌프를 설치하는 등 농업을 성공적으로 정착시키기 위해 새로운 방법을 생각하고 실현했다. 넓은 농장에 사람이 일일이 물을 주려면 엄청난 시간과 노동력이 필요하고 이런 노력을 돈으로 환산하면 그 액수가 엄청날 것이다. 눈에 보이지 않게 새어 나가는 비용을 줄이기 위해 이번에는 드립 라인 시설을 설치하기로 했다. 물론 초기에는 시설 투자 비용이 들지만 민세지에서 물을 끌어다 자동으로 물을 주는 시스템을 만들면 시간도 노동력도 절감할 수 있을 것이다.

드디어 드립 라인 공사가 시작되었다. 민세지에서 모터를 이용해 물을 끌어올린 다음 농장까지 긴 파이프를 연결했다. 밭고랑마다 파이프를 연결하고 식물이 있는 곳에 자동으로 물방울이 떨어지게 하는 시설, 이것이 바로 드립 라인이다. 파이프에 구멍이 뚫려 있어 원하는 위치에 일정한 간격으로 물을 줄 수 있으니 노동력과 시간을 아끼는 것은 물론 소중한 물을 헛되이 흘려보내지 않게 되었다.

시설을 확충하고 농장 규모가 커지자 수확물이 늘어났고 일하는 사람들도 신이 났다. 매니저와 함께 농장을 구획 짓고 어떤 씨앗을 심을지 정한다. 양파, 콩, 감자, 고추, 토마토, 케일 등. 늘어난 땅 만큼, 일차로 수확해 비어 있는 땅 어디에 얼마큼의 모종을 심을지 회의를 한다. 농장 한편에는 먼저 심었던 씨앗이 싹을 틔우고 있다. 농부들은 다음에는 더 나은 수확을 얻기 위해 꼼꼼하게 농사일지를 적는다. 만오중고등학교 학생들은 푸른 채소가 자라는 농장에 나와 모종을 심고 풀을 뽑으며 체험을 통해 농사법을 배운다. 아이들 샌들과 교복에 밭 흙이 묻어 있다. 아이들은 이와 같은 체험 활동을 중요하게 생각하지 않을 수도 있지만 앞으로 다가올 그들의 삶에 큰 도움이 될 것이다. 농산물 재배가 성공을 거두고 수확량이 늘어나자 당장 창고가 필요했다. 농장 한쪽에 창고를 짓고 선반을 제작하고 농장 일을 처리하기 위한 사무실도 만들었다. 거둬들인 농산물은 시장에 팔기도 하고 아이들 급식으로도 사용한다. 덕분에 지부 식구들도 농장에서 나는 채소로 김치며 필요한 부식을 해결할 수 있게 되었다.

라파엘과 내기하다

인키니 농장에 오면 매번 물의 소중함에 대해 생각하게 된다. 느리기만 한 이들의 생활에 활력을 줄 수 있는 것이 무엇이 있을까. 수동적이기만 한 이들의 생활을 능동적으로 바꿀 방법이 있을까.

　밭을 둘러본 뒤에 현지 매니저들과 회의를 시작했다. 결국 농장 운영에 결단이 필요하다고 생각했다. 일의 능률은 오르지 않고 불필요하게 노동시간만 늘리는 그들을 보고 있기 불편했다. 그들에게는 일한 만큼 받는다는 원칙이 무색할 때가 많다. 때로는 거짓말도 서슴없이 하고 출근부 도장도 엉터리로 찍는 것을 보면 독하게 한마디 해주고 싶었지만 지금까지는 참았다. 멀리서 보면 손은 부지런히 움직이는 듯한데, 몸은 늘 그 자리에 머물러 있다. 그런 일이 반복되었고 몇 차례 회의하고 경고도 했지만, 태도는 고쳐지지 않았다. 결국 내가 생각했던 대로 인원을 줄이고 농장 분위기를 제대로 만들기 위한 일을 추진하기로 했다.

현지 농장을 관리하는 라파엘과 과감하게 내기를 했다. 1년 안에 이 농장에서 천만 원 수입을 내면 가보고 싶다는 한국에 갈 수 있게 해주겠다고. 라파엘이 눈을 반짝이며 새로운 목표가 생겼다고 신나 한다. 라파엘이 다른 직원에게 농장 주변의 노는 땅을 개간해 고구마를 심고 농장과 저수지 둘레에 바나나 나무도 심자고 했단다. 바나나는 어릴 때만 물이 필요하기 때문에 재배하기 좋은 식물일 뿐 아니라 열매는 수확하고 바나나 잎은 가축의 분뇨를 모아 거름을 만들어 쓸 수 있다고 하니 일석이조다.

8월 종교 등록 신청을 시작하고 일을 진행하면서 인키니 농장에 자주 들어와야 할 듯하다. 라파엘이 부쩍 한국 여행에 의욕을 보인다. PM들도 고생한 만큼의 열매를 거둘 수 있어야 일에 능률이 오를 것 같다. 생활은 열악하기 그지없는데 이들에게 희망마저 없다면 삶이 너무 절망적일 것 같다. 이 농장 가득 작물이 자라고 이들에게 지금보다 나은 인건비와 인센티브가 돌아갈 수 있으면 좋겠다. 얼굴에 가득한 삶의 고단함이 행복한 웃음으로 바뀔 수 있기를 기도한다.

농장 식구들

인키니 농장은 유목에서 정주로 삶의 방식을 바꾼 마사이 사람들의 미래를 확고히 하는 삶의 현장이다. 사람들은 이곳에서 농사법을 배우고 배운 농사 지식을 직접 실행하며 농사를 짓는다. 작물을 수확하고 직접 유통시키므로 소득이 늘어나면 더 많은 사람이 농작물을 재배하면서 살아갈 수 있고 삶의 안정도 찾을 수 있을 것이다. 그런 면에서 지금 농장에서 일하는 식구들은 새로운 삶의 개척자들인 셈이다.

페이스는 가끔 농땡이를 잘 치지만 힘이 세서 남자 몫을 하는 친구인데 샘이 많고 욕심도 많다. 멀다는 우리가 예쁜 어머니라고 부르는데, 미소가 예쁘고 성실하며 언제나 반갑게 웃으면서 사람들을 반겨주는 미소 천사다. 수잔은 안쓰러울 정도로 말랐지만 일은 정말 잘하는 당차고 적극적인 여인으로 농장 일

을 맡아서 하는 라파엘과 한 팀이다. 그레이스는 성실한 40대 후반이지만 우리 단원들은 그녀를 어머니라고 부른다. 부지런하고 언제나 변함없이 모범적으로 일을 하는 모습이 순박하다. 농장에서 나이가 제일 많은 다이애나, 나이 탓인지 늘 아프다고 해서 가지고 있던 약을 한번 주었더니 나만 보면 가슴 아프다, 배가 아프다, 다리가 아프다면서 응석을 부리고 일을 힘들어 한다. 20대인 엘리자베스, 농장 매니저인 다니엘, 농담하기 좋아하는 페라 사이도가 있다. 페라 사이도 아저씨는 나를 보고 늘 아줌마냐고 묻는데 나는 웃음으로 답한다. 한국말 중에서 아줌마, 아저씨, 아가씨를 할줄 아는 페라 사이도를 나는 발 사이즈 아저씨라고 부른다,

이들은 나를 웃게도 하고 소리 지르게도 한다. 가끔은 일하는 속도가 너무 느려서 내 속을 뒤집어놓지만, 친숙한 웃음으로 나를 맞아줄 때는 언제 그랬냐는 듯 조금씩 정이 들고 있다. 밭고랑에 앉아서 작물을 심을 때 불러도 못 들을 만큼 열심히 일하는 모습을 보면 고맙기도 하다. 농사가 잘 돼서 이들의 생활이 지금보다 좋아지기를 기도하며 오늘도 나는 이들과 함께 농장에 있다.

일 빨리하는 법

농장 일에 너무 진전이 없어서 작업을 빨리 끝낼 묘책을 내놓았다. 일하는 워커들 8명과 우리 단원까지 합해 10명이니 한 편에 5명씩 나누어 '드립 라인 먼저 설치하기' 게임을 제안했다. 드립 라인 설치는 시간이 많이 걸리는 일이라 느긋하게 생각하고 있었는데, 아침에 농장에 도착해서 정말 놀랐다. 워커들이 정해진 시간보다 일을 일찍 시작해 벌써 전체의 4분의 1을 끝내 놓은 것이다. 아, 어떻게 이런 일이 있을까. 이곳 사람들은 일하는 속도가 정말 느려서 가끔 그 모습을 보다가 화병이 날 지경인데 놀라운 일이 일어난 것이다. 이들이 일을 시작하는 시간은 8시 30분인데 오늘은 더 일찍 시작한 모양이다. 우리가 도착한 것은 9시 10분. 편을 가르고 경쟁하게 했더니, 일을 먼저 끝내려고 굉장히 열심히 한다, 이런 식이면 8천 평이나 되는 넓은 농장 일을 오늘 안으로 다 끝낼 것 같다. 오늘 우승 팀에 주기로 한 상품은 우갈리 가루인데, 비용은 우리 돈으로 25,000원이 들었다.

농장 한쪽에 밭 두 고랑을 얻어서 무, 배추, 취나물 씨앗을 뿌렸다. 이곳 사람들은 통통하게 살이 오른 무 사진을 신기해했다. 무는 나이로비에 있는 큰 마트에나 가야 볼 수 있는 작물이라 이곳 사람들은 본 적이 없다. 오늘 뿌린 무씨가 잘 자라 커다란 무가 되면 이 사람들에게도 나누어줄 생각이다.

또 내가 작업용 장갑을 끼었는데 무척이나 궁금했나 보다. 쉬는 시간에 너도나도 와서 장갑을 끼어본다. 부엌에서 쓰던 고무장갑 중 짝이 맞지 않는 것도 가지고 왔는데, 모든 걸 맨손으로 하는 이들은 아주 신기해한다. 빨래할 때 쓰는 거라고 알려주었더니 이곳 아줌마들 눈이 동그래진다.

수잔은 어제 집에서 일을 하다 정강이를 칼에 찔려 염증이 생겼는데, 다리를 소독하고 연고를 바른 뒤 밴드를 붙여주고 나중에 먹으라고 소염제 2알까지 챙겨주었다. 그랬더니 옆에 있던 사람이 자기는 코가 아프단다. 자기에게도 뭐든 달라는 소린데 나는 눈을 감아버렸다. 지부 식구들 새참으로 가져온 비스킷을 워커들 간식으로 주고 다시 일을 시작했다. 케냐에 도착한 날부터 하루도 쉬지 않고 무엇인가를 했더니, 내 몸이 힘들다고 자꾸 신호를 보낸다. 오한이 나서 할 수 없이 농장 매니저의 옷을 빌려 입었더니 웃고 난리가 났다. 키가 큰 마사이 사람 옷을 한국사람 중에서도 작은 편에 속하는 내가 입었으니 영락없이 들판에 서 있는 허수아비 꼴이 아닐까. 나로 인해 오늘도 크게 한번 웃었으니 이 또한 좋은 일이다.

농장 점검

아침에 직원들과 새해맞이 인사를 나누고 회의를 했다. 해가 바뀌어도 해야 할 일은 변함없이 우리를 기다리고 있다. 농장을 점검하고 핸드 펌프 시설도 둘러보러 나가야 한다. 이곳에서는 시설물을 설치해주는 것으로 우리 일이 끝나는 것은 아니다. 지속해서 현장에 나가 직접 상황을 점검해야 한다. 발로 뛰고 눈으로 확인하고 손이 많이 간만큼 시설물은 오래가고 고장이 덜 난다. 그곳에도 관리하는 직원이 있지만 아직은 시설물 사용법이 서툴러 고장이 잦은 면도 있다. 문제가 생겼을 때 해결하지 못한 그들은 손을 놓은 채 그저 지부의 도움을 기다린다. 펌프에서 물이 나오지 않는다, 기계가 동작을 멈추었다, 이런저런 일로 연락이 오고 그런 일은 일주일에도 몇 번씩 반복된다.

9시 30분, 자동차를 타고 인키니 농장으로 향했다. 묵은해,

새해 구분 없이 평원은 변함없는 얼굴로 나를 맞아준다. 먼지와 마른 풀과 멀리 하늘과 맞닿은 지평선까지.

드디어 뽀얀 먼지를 뒤집어쓴 자동차가 농장에 도착했다. 직원들은 부지런히 밭을 오간다. 이곳에는 경비원과 매니저, 활동가 4명 등 모두 6명의 직원이 일하고 있다.

나는 암자에 살 때도 농사를 지었다. 주로 밭농사였는데 가장 많이 신경을 써야 하는 일이 김매기였다. 일정한 주기에 따라 보이는 대로 풀을 뽑지 않으면 잡초는 어느새 땅속 깊이 뿌리를 내리고 단단한 줄기를 키워 눈 깜짝할 사이에 꽃을 피우고 씨를 맺는다. 잠시 게으름을 피우다 호미를 들고 가면 여기저기 단단하게 영글었던 씨앗들이 꼬투리 밖으로 튀어 나가곤 했다.

사람 사는 모습이 어디 가나 비슷비슷하듯 잡초 또한 그렇다. 이곳에서도 풀들은 금방 자기만의 세력을 확장해간다. 한국의 잡초나 케냐의 잡초나 속성은 똑같아서 어쩌다 농장에 와보면 쑥쑥 자란 잡초가 작물들을 모두 숨겨놓을 때가 있다. 김매기를 자주 해주어도 밭에는 늘 잡초가 남아 있기 마련이다. 잡념 많은 마음 밭에 시도 때도 없이 미운한 마음, 욕심내는 마음, 탐욕스러운 마음이 자라나듯 농장도 그렇다. 지금은 농장이 된 이곳도 처음에는 야생초가 숱하게 자라는 땅이었다. 그런 땅에서 돌을 고르고 나무뿌리를 캐고 밭을 가꾸었으니 얼마나 많은 풀씨가 그 속에 숨어 있었을까. 땅속에 잠복했던 풀씨들은 호시탐탐

싹틔울 궁리를 하다가 호미가 잠시만 비껴가면 재빨리 싹을 틔우고 키를 키운다.

수박밭으로 간다. 풀이 우거진 밭에서도 수박은 어찌 그리 잘 자랐는지 볼수록 대견하다. 한창 커가는 수박을 보면 어릴 적 친구들과 하던 장난이 생각난다. 가운뎃손가락으로 이곳저곳을 두드려 익었는지 안 익었는지를 가늠하던 짓궂은 놀이. 중간쯤 자란 수박은 내 두 손을 크게 펴 감싸기에 모자랄 정도로 크다. 둥근 몸에는 벌써 선명한 초록 줄무늬가 자리 잡고 있어 내게 속삭이는 듯하다. '나는 이렇게 잘 자라고 있어요.' 내게 확인시켜주는 듯하다.

밭을 둘러본 뒤에 현지 매니저들과 회의를 시작했다. 올해부터는 농장 운영에 좀 더 강력한 결단이 필요하다고 생각했기 때문이다. 현지 인부들의 태도가 마음에 들지 않아 나는 자주 속을 태웠다. 일의 능률은 오르지 않고 불필요하게 노동시간만 늘리는 그들을 보고 있기가 불편했다. 그들에게는 아직 일한 만큼만 받는다는 원칙이 각인되지 않았다. 때로는 거짓말도 서슴없이 하고 가끔은 출근부에 도장도 엉터리로 찍는 그들을 보면 독하게 한마디 해주고도 싶지만, 지금까지는 참았다. 열심히 일하고 그에 합당한 임금을 받는 기본 원칙을 지키는 일이 그들은 왜 그렇게 어려울까. 어느 면에서는 순박하기 그지없는 사람들이 돈에 관해서는 원칙을 자주 어긴다. 그런 점에 대해 강

하게 처벌해야 농장 운영이 제대로 될 것 같다. 멀리서 보면 손은 부지런히 움직이는 듯한데, 몸은 늘 그 자리에 머물러 있다. 그런 일은 반복되었고 몇 차례 회의하고 경고도 했지만 태도는 고쳐지지 않았다. 결국 내가 생각했던 대로 인원을 줄이고 농장 분위기를 제대로 만들기 위한 일을 추진하기로 했다.

농장 매니저 조셉

인키니 농장에 지역 주민들과 미팅이 있어 갔다가 농장 매니저 조셉과 이야기를 많이 나누었다. 조셉은 처음에 일하는 태도가 거슬려서 많이 부딪힌 사람 중 하나다. 나는 이곳 현지 매니저들에게 시간을 엄격하게 지켜달라고 부탁했다. 그런데도 그들은 지각을 자주 했고 일하는 속도도 느려서 항상 잔소리를 늘어놓아야 했다. 모든 케냐 사람들이 다 그렇다고 할 수는 없지만 돈 계산도 흐릿했다. 조셉 또한 돈 문제로 나를 여러 번 당황하게 했다.

5천 원을 가지고 가 4,600원어치 물건을 샀으면 나머지 400원을 돌려주어야 하는데 내가 말하지 않으면 먼저 주는 적이 없다. 그냥 자기 주머니에 넣어버린다. 다음날 생각이 나서 "조셉, 거스름돈 줘야지"라고 하면 언제 그런 일이 있었냐는 듯 눈만 껌뻑이기도 한다. 그런 일을 여러 번 겪다보니 나는 나대로, 조셉은 조셉대로 서로에 대해 파악하게 되었다. 지부장인 내가 어떤 사람인지, 정말 싫어하는 것이 무엇인지 알게 된 후에는 조셉도 규칙을 잘 지키고 일도 성실하게 했다.

조셉이 농장 관리도 잘하고 작물도 잘 가꾸고 있다고 격한 칭찬을 해주었다. 앞으로는 더 잘할 것으로 믿는다고 했더니 조셉이 파안대소한다. 마사이 사람들은 키가 커서 그들과 이야기할 때 내 고개는 늘 하늘을 향해 있다. 간신히 그들의 가슴팍 정도에 닿는 키로 이야기하다 보면 고개가 뻣뻣할 정도로 불편할 때도 있다. 내 고개가 아프다고 얼굴을 외면하고 그들의 배를 보며 이야기할 수는 없지 않은가. 눈치가 있으면 키 작은 나를 배려해 다리를 좀 구부려 줄 수도 있을 텐데, 그런 배려는 아예 없다. 하긴 여자고 남자고 모두 키가 큰 사람들이니 작은 사람의 입장을 배려하기는 쉽지 않겠지.

농장 활동가들은 토마토 지지대를 준비하고 있다. 토마토는 열매가 많이 달리니 줄기를 지탱해 줄 지지대가 필수다. 지지대가 약하면 줄기가 넘어가거나 가지가 찢어진다. 그런 사태를 막으려면 튼튼한 지지대로 단단하게 고정해 놓아야 한다. 활동가들이 일하는 모습을 둘러보고 옥수수며 기타 작물들이 자라는 농장을 둘러보고 돌아와 늦은 점심을 먹었다.

농장 운영 시스템의 변화

인키니 농장을 갔다. 요즘 계속되는 장마로 농장이 훼손되었다고 한다. 또한 한 번도 가득 차지 않았던 민세지에 물이 가득하다고 한다. 농장에 도착하니 콩 심은 농장 한쪽 부분이 유실되었다. 흙을 가져와 새로이 베드를 만들어야 할 거 같다. 월요일에 가려고 했다가 도로에 차들이 빠져 길을 막고 있었기에 가지 못했다.

무와 고추에 약을 뿌려야 될 거 같은데, 농장 매니저 조셉이 부재중이다. 날레포 학교 농장을 체크하기 위해 그곳에 갔다고 한다. 비싸게 산 고추 씨앗에 문제가 생길 거 같다. 내가 한국으로 복귀하면 이런 것들 관리는 어떻게 될지. 이것 또한 쓸데없는 걱정일까? 남아 있는 사람들이 잘 해내겠지.

긴 회의를 끝냈다. 그토록 속을 썩이던 현지 워커들을 바꾸는데 동의했다. 이곳 사람들은 느려도 너무 느리다. 좋게 말하면서두르지 않고 여유가 있다고 할 수 있지만, 정확하게 말하면노동시간에 태만하게 군다. 하루면 다 하고도 남을 일을 사나흘간 하고 때로는 태업을 일으킨 사람들처럼 일주일 동안 마무리를 하지 않고 질질 끌기도 한다. 지구촌공생회에서는 어떻게 하면 더 많은 사람에게 일자리를 줄 수 있을지를 고민하지만, 예산은 한정되어 있고 제대로 된 농장을 운영하기 위해서는 노동력을 제대로 활용해야 한다. 방법은 임금에 맞는 정당한 노동력을 제공하는 사람들을 뽑는 것뿐이다. 결론은 일을 제대로 하는정예 워커들을 뽑아 임금을 올리는 방법을 선택하기로 했다.

여러 번 기회를 주었음에도 워커들은 우리가 경고한 내용을제대로 이해하지 못했다. 아니 무시했다. 농사일은 가축을 기르는 일과 크게 다르다. 염소와 소는 넓은 들판에 풀어놓으면 되지만 농사일은 시기가 중요하다. 파종하는 시기, 물주는 시기,새순을 정리하고 김을 매는 시기도 마찬가지다. 적당한 때를 놓치면 농사는 수확물을 거둘 수 없다. 워커들은 어쨌든 밭에 앉아 있으면 임금은 받을 수 있다고 생각하는 것 같았다. 태만하게 행동하는 사람들을 보며 바싹 약이 올랐다. 쓰리아웃, 세번의 경고 끝에 마침내 새로운 인력을 뽑고 인건비는 하루에3,000실링(한화로 4,200원)으로 결정했다.

말로만 경고했던 일이 닥치니 그중에는 조금 놀라는 사람도 있다. 한편으로는 그들의 처지를 알기에 안됐고 미안한 마음도 들었지만 어쩔 수 없다. 제대로 된 농장 운영으로 많은 결실을 얻는 것이 모두에게 필요한 일이다. 회의에 참석했던 사람들과 다소 굳었던 표정을 풀고 앞으로 더 잘해보자는 인사를 건넨다. 다시 새로운 마음으로 인키니 농장에 희망을 불어 넣으리라.

우리가 재배한 것들

농장에 심은 고추와 무를 수확했다. 마당 가득 태양초 고추를 만든다고 널어놓았더니 한국의 가을을 보는 것 같다. 뜨거운 햇살 아래 고추잠자리가 뱅뱅 맴도는 광경이 떠올라 잠시 향수병에 나른해진다. 큰 기대를 갖고 심은 무는 작년에는 한인들이 너무 많이 재배해 판로가 없어서 무말랭이를 만들었고 올해는 벌레가 많이 생겨서 조기 수확을 한 뒤에 무초절임을 했다. 지부 식구들이 일일이 손으로 써는 일이 쉽지 않았는데 직원들이 스스로 하겠다고 나섰다. 주말에도 쉬지 않고 부지런히 일하는 식구들이 어찌나 고맙던지.

카지아도 장날 우리가 수확한 토마토를 팔겠다고 시장 한쪽에 좌판을 벌였지만, 가격만 물어볼 뿐 그들은 무중구(외국인)가 파는 토마토를 사가지는 않는다. 그러면서 그냥 달라고 한다.

지부 마당에서 바나나를 따고 농장에서는 수박 900kg을 수확했다. 오늘 수박 판 돈은 22,200원이다. 최고의 맛을 자랑하는 수박이 한 트럭인 데 비해 가격은 마음에 차지 않는다. 나는 수박 7통을 사서 부처님 전에 올리고 한국NGO 굿피플과 이웃 목사님 댁에 선물했다. 인심을 팍팍 쓰고 나니 마음만은 부자다. 요즘 농장에 나가면 마음이 흐뭇하다. 아직 경제적 자립은 되지 않았지만, 농장 가득 자라는 초록 작물을 보면 희망이 보인다. 이제 빗물 유입로를 새롭게 만들어 댐에 물이 가득 담기기를 기도한다.

케일을 수확해 시장에 팔기로 했다. 손바닥 두 개를 펼쳐놓은 것만큼 커다랗게 자란 잎도 있고 미처 자라지 못해 아이 손바닥만 한 것도 있지만, 모두 수확해 기본 묶음을 만들었다. 농장에 여러 작물을 심다보니 거두고 다시 심어야 하는 손이 많이 필요하다. 토마토 줄기가 무성하게 자라 마디마디 앙증맞은 노란 꽃이 피어났다. 지주대를 세우고 워커들을 독려해 잡초도 뽑고 노후한 드립 라인도 손봐야 한다. 이리 뛰고 저리 뛰는 라파엘의 모습에서 모처럼 일하는 분위기가 난다. 그 모든 일을 계획하고 실행하느라 힘이 들법한데 얼굴에 웃음꽃이 가득 피었다, 농장에서 희망을 보았기 때문이란다, 농사지은 채소를 팔면 적은 돈이라도 현금을 만질 수 있고 학교 아이들에게도 영양이 가득한 급식을 충분히 줄 수 있다.

바쁘게 수확을 끝낸 땅에 이모작할 새로운 씨앗을 뿌렸다. 시간은 흘러 어느덧 한 해를 마무리할 시간, 인키니 농장이 있는 마을 주민들과 작은 축제를 열었다. 내년에도 품질 좋은 농산물을 생산하자는 데 의미를 둔 축제인데 주민들은 각자 집에 있는 가축 배설물을 들고 와 거름을 만들고 한쪽에서는 염소 한 마리를 잡아 케냐의 고급 음식인 야마초마를 만들었다. 이들의 주식인 짜파티 등 푸짐하게 음식도 만들고 마을은 시끌벅적한 잔칫날이다. 축제라고 해도 이곳 사람들은 술을 마시지는 않는다. 술은 없으나 신명 나는 노래와 춤은 어디에도 빠지지 않는 마사이들.

올 한해 정말 많은 일들이 있었다. 어렵게 한 가지를 해결하고 나면 또 다른 문제가 터졌다. 그래도 한 해는 흘러갔고 농장에는 좋은 결과도 있었다. 오늘은 농장 활동가들을 선동하던 발 사이즈 아저씨, 페라 사이도가 즐거운 얼굴로 조용히 참여하고 있다. 아직은 농사기술이 부족해 상품성 높은 농산물을 수확하지 못했지만, 내년에는 조금 더 좋아질 것이다. 주민들이 입혀 준 마사이 전통 의상을 입고 발을 구르고 이리저리 스텝을 밟으며 함께 어울린다. 오늘은 축제날이다.

돈 문제

웬일일까? 머리가 깨질 것 같다. 머리에 금이라도 간 걸까 아니면 염증이 생겼나. 불쾌지수가 최고치다. 뭘 해도 마음이 진정되지 않는다. 일단 소염제를 먹어봐야겠다. 내일도 이렇게 아프면 병원에 가야지.

인키니 농장에 문제가 생겼다. 농장 운영위원들이 계좌에서 돈을 빼서 마음대로 썼다. 지난번에 같은 일이 있어 경고했는데 또 이런 일이 일어났다. 어찌해야 하는지 설명하기 싫어서, 나가라고, 당장 그만두라고 소리를 질렀다. 당황하는 매니저들의 얼굴을 보니 마음이 편치 않다. 마치 제가 한 잘못이 무엇인지도 모르는 아이에게 잘못을 추궁하는 것 같다. 이 사람들은 언제쯤이면 공과 사를 정확하게 구분할 수 있을까. 이들은 그 돈을 필요할 때 빼서 쓰고 다시 돌려놓으면 아무 문제가 없다고 생각한다. 지난번에 그런 일을 저질렀을 때 충분히 알아듣게 설명했는데 같은 실수를 저지르니 이건 실수가 아니라 의도적인 것 같고 더없이 뻔뻔해 보인다.

태공초등학교 교장 조세핀은 매우 적극적이고 열정적인 사람이라 학교 운영을 열심히 하는 것까지는 좋은데 항상 뭔가를 달라고 한다. 그런 그녀의 요구를 듣다보면 피곤이 파도처럼 밀려오곤 한다. 물을 끌어오는 파이프를 설치하는 데 25만 실링(한화 3백만 원)이 필요하다고 한다. 하지만 이번에 또 태공초등학교만 지원하면 다른 학교와 형평성에 어긋난다. 이미 컴퓨터를 지원했으니 파이프 설치 비용은 당신이 알아서 하라고 했다. 그렇지 않으면 컴퓨터는 다른 곳에 지원할 거라고….

이 사람들하고는 진짜 마음을 주고받을 수 없는 것일까. 큰소리를 내고 자신들의 행동을 문제 삼으며 얼굴이 벌게진 나를, 내가 화내는 이유를 이 사람들은 알기나 할까. 무조건 필요한 것이 있으니 도와 달라, 돈을 내놓으라는 그녀의 말이 단단한 무기가 되어 내 몸을 치고 나간 것 같다. 많이 아프다.

농작물은 학생들처럼 쑥쑥 잘 자라는데 농장 운영은 자꾸만 신경 쓸 일이 늘어간다. 오늘부터 인키니 농장을 바로잡는 일을 나의 화두로 삼아야 한다.

부처님 마음

바람이 창문을 두드린다. 반가운 소식이라도 들려주려는 걸까?
조금은 낭만적인 생각을 해보려고 애쓴다. 오늘은 올로레라와
레소이드에 다녀왔다. 점검해야 할 사항들이 많았다. 지난번에
수정해야 할 사항들을 알려주었음에도 농장 매니저들이 제대
로 일 처리를 하지 않았다. 뭐든 때가 있어서 적당한 시기를 놓
쳐버리면 호미로 막을 일을 삽으로 막아야 하는 난감한 경우가
생긴다. 농장에 문제가 생겼다. 벌써 몇 번째인가. 앞에서는 웃
으면서 예스, 예스를 남발하는 그들 모습에 화가 났다. 한 가지,
두 가지, 세 가지 모두가 엉망이어서 잔소리 융단폭격을 가하
고 왔다. 개선해야 할 일들이 고쳐지지 않으니 일의 성과를 얻
기가 쉽지 않다. 서로 좋은 게 좋다고 마음 좋은 척 이해하는 태
도를 보였더니 일 처리가 너무 느슨했다. '별 수 없다. 당분간은

꽉 틀어쥐고 명령조로 일을 처리해야겠다. 나의 선량함을 배반한 당신들.' 씁쓸한 마음으로 돌아올 수밖에 없었다.

결과적으로 오늘은 나의 신념인 '웃자'를 실천하지 못하고 말았다. 화를 너무 많이 냈다. 마당으로 나가 걷고 또 걸었다. 자신의 잘못을 인정하지 않고 상대방의 감정을 건드려 상황을 변질시키려던 사람의 얼굴이 생각난다. 아직도 내 마음에서 뜨거운 화가 완전히 사라지지 않고 남아 있다. 이제 잊어버리자고 생각하며 어두워진 마당을 계속 걸었다. 바나나 잎을 쓰다듬어 보고 흰 꽃을 피우던 나무 아래서 바람 소리도 듣는다. 만나는 사람 모두가 깍듯이 예의를 지킬 수는 없지만, 도를 넘는 상대의 무례함은 어떻게 제어해야 할까? 망신을 주고도 싶고 잘못을 지적해 고개를 들 수 없게 만들고도 싶었지만 인욕바라밀을 생각하며 참았다. 인욕은 참는 것뿐 아니라 기다리는 것이라고도 했던가.

적어도 이 일을 하는 사람들은 자신만의 성취감을 느끼고 싶은 것이다. 나의 손과 발, 귀와 입으로 많은 사람에게 도움을 주고 있다는 자존감으로 하루하루를 버티는 것이다. 힘이 들어도 그 마음 하나로 쉽게 돌아서지 않을 수 있다.

나는 별 수 없이 부처님을 찾는다. 열 번이고 스무 번이고 부처님을 부른다. '부처님, 어떤 것이 옳은 건지 모를 때가 있습니다. 나의 마음이 어디에 와 있는지 찾을 길이 없을 때도 있습니다. 이럴 때는 내려놔야지 하는 마음마저 진심瞋心에 가려져 보이지 않습니다. 또 화난 제 감정을 드러내고 말았습니다. 그러고 나니 제 안의 모든 걸 다 보인 것 같아 수치심이 듭니다. 가벼이 진심에 흔들린 것을 참회하며 내일은 원만 무애함이 충만하기를 발원합니다.'

책상 앞에 앉아 하루를 돌아본다. 늦은 시간 회의록을 들고 온 봉사자 대경이가 가라앉은 내 기분을 알아채고 풀어주려 애쓴다. 이 작은 아이의 위로를 받으며 웃어본다. 웃으면서 소란했던 마음을 다스린다. 내일은 많이 웃을 수 있도록 내 마음의 키를 잘 잡으리라.

두 지역에 물이 필요하다는 연락이 왔으니, 여러 조건을 맞추어 하루라도 빨리 필요한 사람들에게 물을 줄 수 있도록 해야 하는데. 잘 되겠지, 잘 될 것이라 믿는다.

성 안 내는 그 얼굴이 참다운 공양구요
부드러운 말 한마디 미묘한 향이로다
언제나 깨끗해 티가 없는 그 마음이
부처님 마음일세
-문수보살 게송

염소가 된 기분

모처럼 케냐의 시골길을 달렸다. 오토바이를 타고 달리니 자동차를 탈 때와는 사뭇 느낌이 다르다. 아주 잠깐, 오토바이를 타고 케냐 곳곳을 달리고 싶은 마음이 스친다. 하지만 조금만 심각하게 생각하면 오, 노우 땡큐다.

온종일 농장에서 일꾼들과 함께했다. 한국 사무국과 어렵게 협의한 농장의 드립 라인 설치가 잘못될까봐 현장을 벗어날 수가 없었다. 농장에서 일하는 것을 관리 감독하면서 화도 내고 누군가에게 분풀이하고 싶어 한국 사무국에 있는 팀장과 큰소리를 냈는데도 마음이 시원하지가 않다. 현장에는 현장만의 문제들이 있다. 책상 앞에 앉아서는 제대로 계산되지 않는 것들 말이다. 일하기로 약속한 사람이 나오지 않을 때도 있고 지난번에는 3시간이 걸린 일이 오늘은 그 이상이 걸릴 수도 있다. 그러니 어쩔 수 없이 예외적인 경우를 고려해야 한다.

케냐 공무원들은 약속을 잘 지키지 않는다. 불과 두세 시간 전에 확인한 일도 코앞에 닥쳐 거절하거나 없던 일로 만들어버리기 일쑤다. 지부장은 직원들의 사기를 올려주기 위해 예상치 못한 경비를 지출해야 할 경우도 있다. 일일이 말로 하자면 끝도 없지만, 그 모든 사항을 전달할 수 없으니 한두 가지 중요한 일을 거론하는 것으로 상황을 어필한다. 그러나 전화기로 들리는 목소리는 아예 만리장성을 쌓아놓은 것 같다. 원칙 운운하며 현장에서 일하는 사람들의 말은 들을 생각도 안 한다. 처음부터 끝까지 그 모양이다. 그러니 들이박을 수밖에. 장날, 염소 고기를 사러 갔다가 내가 염소가 된 기분이다.

마음을 내려놓고 화를 가라앉히고 고개를 내미는 이 송곳 같은 마음을, 화난 얼굴을 감추어야 하는데⋯ 뜻대로 안 된다. 마음도 몸도 한없이 무겁고 감정이 자꾸 얽히니 병이 날 듯 머리가 아프다. 요즘 들어 두통이 잦다. 마음이 흡족하지 못해 불만이 쌓이다 보니 스트레스가 병을 부르는 것 같다. 기도가 부족한 모양이다. 욕심을 버리고 마음을 낮추어야 하는데 일에 대한 욕심이 자꾸 커져 나 자신을 지치게 한다. 내가 의도한 대로 일이 되지 않으니 화가 난다. 결과지향적인 사람이 되지 말자고 다짐하면서도 어느새 내 머릿속에는 다음에 해야 할 일이 먼저 보인다. 결과보다 과정이 중요하지 싶다가도 그게 무슨 변명 같은 억지냐며 반감이 고개를 든다. 엄밀히 말해 과정만 중요한 건 아니지 않은가. 당연히 일했으면 결과도 좋아야 하는 게 맞는 말이다. 그런데 그 맞는 말을 흡족하게 이루기가 쉽지 않은 게 문제다. 나 혼자 하는 일이라면 온종일 해서라도 이루어 놓으면 된다. 그러나 이건 다른 사람들과의 관계가 얽혀 있다. '이렇게 화가 나는 건 진이 빠졌기 때문이야. 좀 쉴 때가 되었나 봐.' 나는 스스로 물음을 던지다 쉴 때가 되었다는 결론을 내린다. 저기 맥없이 허공을 날아올랐다 떨어지는 비닐봉지처럼 모두 날려보내고 가벼이 쉬어보자.

성급하게 달려드는 나를 나무라기 위해 조용히 지켜보던 보현보살님이 오신 걸까. 좀 더 낮아지지 못하는 나를 두통과 미열로 경책하시는 건가. 오늘은 보개회향普皆廻向이라는 말이 더 간절하게 다가온다. 인연 있는 모든 이에게 몸으로 예의를 다하고 마음으로 공경해야 하거늘. 오늘 그 서원을 제대로 행하지 못했음을 참회하며, 보현보살님 당신을 향해 기도합니다.

나무 심기

인키니 농장 가장자리에 묘목을 심기로 했다. 나무가 자라면 일
정한 경계도 이루고 바람도 막아주고 열매도 거둘 수 있으니
일석삼조라고 해야 하나. 수레에 묘목과 노란색 물통을 실은 농
장 매니저들이 분주하게 움직인다. 삽으로 파놓은 구덩이에 묘
목 대신 들어앉은 사람도 있다. 작은 나무가 된 것처럼 구덩이
에서 묘목을 들어 보이는 그 모습이 좋아서 모두 큰 소리로 웃
었다. 잘 웃고 유쾌한 마사이 사람들의 본성을 보여주는 모습
이다.

묘목 뿌리를 잘 펴서 심은 다음 거름흙을 넣는다. 흙으로 주
변을 덮은 뒤에는 물을 주고 마른 덤불을 덮어준다. 그렇게 해
야 건조한 땅에서 물기가 빨리 마르는 것을 막을 수 있다. 과일
묘목을 심은 뒤에는 나무 보호대를 만들어준다. 그것을 보니 어

릴 적 할머니가 호박씨를 심고 타원형의 미니 비닐하우스를 만들어 주던 모습이 생각난다. 그때 하우스의 뼈대를 세웠던 것처럼 묘목 주변에도 10~12개 정도의 나뭇가지를 둥글게 꽂은 뒤 위에서 꼭짓점을 잡아 모아준다. 이렇게 하면 묘목이 바람에 쓰러지는 것을 막고 동물들이 잎을 뜯어 먹는 것도 막을 수 있다. 일이 끝나고 하늘을 보니 땅으로 낮게 내려온 코발트 빛 하늘과 구름 그림자가 농장에 가득하다.

이렇게 정성을 다해 보살피다보면 나무는 배신하지 않고 원하는 대로 자라준다. 성급하게 키를 키우려 하지 않고 열매를 맺게 하지 않고 자연에 순응하며 긴 시간을 기다려준다. 사람들은 기다림을 배우고 사랑하는 법을 배우고 소중한 것을 품는 법을 배운다. 사랑은 결코 내 마음대로 하는 것이 아니라는 것을 작은 묘목 한 그루를 키우며 다시 확인하게 된다. 극심한 가뭄에 시달리고 차가운 밤바람을 견디며 자란 묘목의 잎은 단단하게 잎맥을 키워 웬만한 바람에는 끄떡도 하지 않는다. 가지 또한 목질이 단단해져 쉽게 부러지지 않는다. 사람도 그와 같아 때로는 시리고 아픈 고통에 금방 쓰러질 것 같지만, 자신도 모르게 시련과 고통에 대한 면역력이 생기고 괴로움을 받아들이는 능력이 향상된다. 머지않아 인키니 농장에 커다란 열매를 단 과실 나무들이 가득하게 되리라.

사람사는 곳

인키니 농장에서 가지고 온 무와 배추로 김치를 담갔다. 한국에서와 똑같이 자란 무와 배추는 이곳에서 생활하는 데 활력을 주는 김치가 된다. 커다란 배추포기를 한 아름 안고 오면서 의성에서 생활하던 때와 별반 다르지 않음을 느낀다. 신기하게도 이역만리 아프리카 케냐에 와 있으면서 틈틈이 그곳이 떠오르는데 시공간을 초월한 동질성을 느낀다. 그곳을 그리워하는 마음 때문인지 이곳에 적응을 잘하였기 때문인지 스스로도 구분되지 않을 때도 있다. 함께 일하는 직원들, 심지어 피부색도 언어도 다른 현지 매니저들까지도 마치 한국의 어느 시골 마을에서 만나 함께 생활하는 듯한 착각이 들 때가 있다.

피난 보따리 싸듯 챙겨온 양념들, 밑반찬들을 야금야금 먹어 치우고 현지에서 나는 채소들로 반찬을 만들어 먹다보니 이

곳 생활에도 정이 들고 있다. 시장에 나가보면 사람 사는 모습은 다 비슷비슷해서 분주하게 오가는 사람, 짐보따리들, 큰 목소리로 외치고 웃는 모습 등 의성 장터와 다를 바 없다. 그 모습에 또 정이 간다. 에리히 프롬의 비유처럼 '우리는 함께 삶의 무도회에 참가하는' 것이다. 우리, 사람이라는 존재는 피부색이 다르고 사용하는 언어가 다르고 자란 환경이 다르고 역사가 달라도 어디에든 누구에게든 속박당하지 않고 변화를 두려워하지 않으며 끊임없이 성장하는 존재다. 고정된 하나의 형식에 머물지 않고 끝없이 상호보완하며 유통하고 타자와의 관계에서는 나누어주고 함께 관심을 가지는 살아 움직이는 관계다. 인드라망의 커다란 몸체 한 곳, 모주에서 울리는 소리 하나에 전체가 영향을 받는 존재다. 일즉다一卽多 다즉일多卽一, 하나가 곧 모두요 모두가 곧 하나라는 부처님 말씀이 하나도 틀리지 않는 지당한 말씀임을 오늘 또 앞치마를 두르고 채소를 손질하며 확인한다. 나무관세음보살.

새와 고추, 무엇을 지킬까

케냐에서는 외국인에게 바가지요금을 너무 심하게 씌워서 새로 무슨 일을 시작하기가 쉽지 않다. 한정된 운영비로 생활해야 하니 무슨 일이든 늘 비용을 먼저 따져볼 수밖에 없다. 지부 활동가들이 경비 절감을 위해 사인보드를 직접 제작하고 운반하기로 했다. 케냐의 7월은 겨울, 한국의 11월 초에 해당하는 날씨인데 보슬비까지 내리고 있다. 사무실에는 전기가 들어오지 않아서 서류 작업은 할 수 없고 트럭을 불러 사인보드를 옮기고 지역주민들에게 설치를 부탁했다. 모두 영차 영차, 소리를 치며 힘쓴 덕에 커다란 사인보드를 세울 수 있었다.

인키니 농장에는 고소득 작물인 고추가 제법 많이 달렸는데 새들이 고추맛을 알고는 내려와 쪼아 먹는다. 매니저는 당장 약을 사서 농장에 뿌리자고 하지만 나는 고민하고 있다. 농사도

이곳에서는 아이들도 농장에서 일한다.
모종을 옮겨 심고 물을 주고
풀을 뽑고 농사의 전 과정을
정규 프로그램으로 만들어 실습한다.

중요하지만 새를 죽이는 일, 살생은 더욱 안 되는데 어떻게 해야 하나. 예쁘기만 하던 새들이 오늘은 너무 얄밉다. 고추를 지켜야 하나 새를 지켜야 하나. 세상에 쉬운 일이라는 건 없다.

아이들이 주말 동안 학교 농장에서 일을 했다. 덩어리가 된 흙을 깨뜨려 씨앗을 뿌릴 밭고랑을 만들고 콩을 심은 뒤에는 학교 환경 미화에도 애를 썼다는 이야기를 들었다. 열심히 일한 뒤에는 보상이 필요한 법, 피자 파티를 하자고 했다. 다행히도 그날 피자는 1+1(ONE PLUS) 세일을 해서 주머닛돈을 조금 절약할 수 있었다. 아이들은 피자를 처음 먹어본다고 했다. 학교 선생님은 이 맛있는 피자를 매일 먹으려면 공부를 더 열심히 해야 한다고 말을 보탠다. 한창 먹을 나이인 아이들에게 두 조각의 피자는 배가 부를 만큼 양에 차지 않지만, 새로운 음식을 맛본 것은 좋은 경험이 될 것이다. 세상에는 아직 해보지 않고 가보지 않은 곳이 얼마나 많은가. 끝없이 새로운 경험을 향해 도전하는 용기를 갖기를.

5.

아프리카에 살면서

낯선 환경에서 만난 사람들과는 정이 더 쉽게 드는 모양이다. 말 한마디 나누는 것도 몇 번을 망설이던 적이 있었는데 이제 나를 바라보는 이곳 사람들의 눈빛을 마주하고 있으면 그들이 무엇을 생각하는지, 내게 무슨 말을 하고 싶은지 알 수 있을 것 같다. 밤이면 숙소 지붕을 스쳐 가는 바람 소리에 눈을 뜨곤 했다. 그런 때마다 나는 내가 태어난 땅에서 얼마나 멀리 떠나와 있는지 마음의 거리로 측량해보곤 했다. 몇 번을 반복해 재어보아도 계산은 늘 중간에 흐트러졌다. 푸른 불덩이처럼 평원으로 쏟아져 내릴 것 같던 그 많은 별과 새벽이면 동쪽 하늘에서 부옇게 밝아오던 해를 보며 생각했다. 내가 꿈꾸던 삶이 바로 이런 것이었던가. 하고. 선재동자가 길을 떠나 53선지식을 만났듯 이 땅에서 만난 사람들이 내겐 선지식이나 다름없었다. 그들로 하여 내 좁은 마음이 조금은 넓어졌고 또 그들로 하여 잊었던 첫 마음을 회복할 수 있었다.

안경

현장으로 점검을 나가는 날은 정신이 없다. 먼 길을 달려가 현지인들과 잘 통하지도 않는 말로 대화를 하고 중간에 통역을 거쳐 내게 돌아오는 말을 기다리는 시간은 잠시도 한눈을 팔수 없다. 말을 알아듣지 못하니 그들의 눈빛과 표정을 살펴야 하고 때로 감정을 바로 표현하지 않는 사람을 마주하면 속마음을 가늠하기 어려워 평소보다 몇 배로 긴장해야 한다.

올로레라 태공초등학교 현장에 갔다. 태양이 너무 강렬해서 선글라스를 갈아 끼고 안경을 잃어버리지 않으려고 단추 구멍에 걸고 다녔는데 어디선가 안경이 떨어진 모양이다. 이런 한심한 일이.

어제 불현듯 그런 생각을 했다. '안경을 하나 더 챙겨왔어야 했는데. 여분의 안경이 없으니 어쩌지.' 걱정도 팔자라더니 쓸데없는 걱정을 앞당겨서 했더니 결국 오늘 일을 치고 말았다. 생기지도 않은 일을 미리 걱정한 미련함에 대한 답인가 보다. 다음부터는 쓸데없는 일로 에너지를 낭비하지 말라는 가르침이리라. 눈이 침침하니 불편한 게 한둘이 아니다. 계획에 없던 일이지만 토요일에는 나이로비에 나가 안경을 맞춰야 한다. 예상하지 않았던 지출도 어쩔 수 없이 해야 한다. 이왕 이렇게 된 것, 나가는 길에 안경을 맞추고 교무님한테까지 들렀다 와야겠다. 좋은 일은 언제나 나쁜 일과 함께하고 나쁜 일은 항상 좋은 일과 동행한다더니 내게도 이렇게 나쁜 일 뒤에 좋은 일이 함께 만들어진다.

필요할 때마다 도움을 받은 교무님 앞에 갑자기 나타나 '써프라이즈'라도 해야 할까보다. 고마운 마음은 작심하고 표현하려면 어색하고 쑥스럽지만 생각지 않은 기회에 속마음을 제대로 표현하는 것도 좋을 듯하다. 오래 쓰던 물건을 놓쳐버리고 나니 아쉽기도 하고 불편을 감수해야 하니 그마저도 신경이 쓰여 남은 하루가 더 피곤하게 느껴진다.

오늘도 허술하게 행동한 나에게 화가 나지만 인내한다. 참을 忍, 참을 忍, 참을 忍 자를 생각한다. 태공초등학교 공사는 잘 진행되고 있지만, 개교는 약 3개월을 늦추어야 한다. 모든 일이 뜻대로만 될 수는 없다. 더구나 이곳 사람들과의 일은 당장 내일 있을 일도 확신하기 어렵다. 말로는 모든 것이 가능한데 이루어지는 것은 별로 없어 짜증이 나기도 하고 우리들의 노력, 수고로움을 너무 가볍게 보아 넘기는 것 같아 서운한 마음이 들 때도 있다. 이 사람들은 조금만 마음을 쓰면 금방 해결될 일도 차일피일 미루다 뭔가 손해를 본 뒤에야 정리한다. 그러나 어쩌겠는가. 사람 마음이 다 내 맘 같지 않으니 저들에게도 나름대로 개교를 연기해야 하는 사정이 있겠지, 이해하며 다라니를 독경한다.

나이로비

케냐의 수도 나이로비, 카지아도에서는 자동차로 두 시간이 걸리는 거리에 있다. 안경을 잘하는 곳이 있을까, 걱정하며 안경원으로 갔다. 주인은 인도사람이다. 케냐에 있는 유럽인과 아시아인은 주로 영국이나 인도에서 온 사람들이다. 이들은 과거에 향신료 무역로를 통해 동아프리카와 인도양을 거쳐 케냐로 들어온 역사를 가지고 있다. 초기 이주민들은 우간다 철도 건설을 위해서 온 구자라트와 펀자브 출신의 계약 노동자들이었다. 아프리카 철도 건설이 끝난 후에도 이들은 돌아가지 않았다. 많은 영국인 노동자들이 케냐에 머물면서 사업을 시작했고 케냐 전역에 수백 개의 작은 가게들을 설립했다. 이 가게를 두카스라 불렀다.

제2차 세계대전 이후 케냐에는 아시아인 거주자도 많이 늘어

낳다. 특히 인도 공동체는 동아프리카 경제의 많은 부분을 차지하고 있다. 하지만 이들과 케냐인들은 사이가 좋지 않았다. 식민지배에 있던 여러 아프리카 국가가 피 흘리며 독립운동을 할 때 그 땅에서 경제적 이득을 취하며 살던 이방인들은 아무런 경제적 지원을 하지 않았다. 이 때문에 아프리카인들은 이들이 단지 자신들의 노동력을 착취하고 있다고 생각했고 반감을 품었다. 공생관계가 이루어지지 않는 일방적 착취의 대상자로 낙인이 찍힌 것이다. 이런 반감이 특히 심했던 시기는 이디 아민이 우간다를 통치하던 기간이었는데, 그때 많은 아시아계 이민자들이 가게와 재산을 몰수당하는 등 큰 고초를 겪었다. 그러나 지금은 그런 역사적 갈등을 딛고 여러 문화가 흡습되어 케냐 사회를 이루고 있다.

인도인 사장님의 친절한 설명에 믿음이 간다. 안경이 완성되기까지 이틀이 걸린다고 한다. 목요일에는 어차피 나이로비에 나올 일이 있어 그날 찾기로 했다. 고집을 부려서 될 일이라면 한번 더 서둘러 달라고 부탁해 보겠으나 역시 이번 일은 기다려야 가능한 일이다. 답답하지만 며칠 더 눈먼 사람처럼 생활해야 한다. 보아야 할 것을 보지 못하는 아쉬움, 놓치지 말아야 할 것을 나도 모르는 사이에 놓치는 안타까움을 감수해야 한다. 새삼 눈의 소중함을 깊이 생각하게 되는 시간이다.

함께 외출한 한국인 직원과 인도식당에서 점심을 먹었다. 지부에 나와 활동하는 직원들은 나의 귀와 입이 되어주는 사람들이다. 사이가 좋으면 업무효율이 높아지고 새로운 운영방식도 생각해낼 수 있다. 그렇지 않으면 매사에 일이 틀어지고 서로 간에 불편과 짜증을 내며 힘들게 될 사이다. 똑같이 멀고 먼다른 나라에 와서 선한 마음으로 선을 실천하는 동료로 서로를 존중하고 좋은 관계를 이어가고자 노력해야 하는 사이다. 우리 주변에는 예상하지 못한 모난 돌멩이 같은 존재가 있을 수 있다. 그것은 사람일 때도 있고 여러 단계를 거쳐 해결해야 할 일일 수도 있다. 주의를 기울이지 않으면 그것을 알아채기도 전에 걸려 넘어지기 일쑤다. 그것이 무엇이든 짧은 순간에도 서로 상처 입을 수 있다. 그런 일을 미리 막으려면 주의를 게을리 하지 말아야 한다.

식당에 있는 동안 한국에서 전화가 왔다. 꿈에서도 생각해본 적 없는 기쁜 전화였다. 고향의 동창생들이 케냐어린이돕기 모임을 했다고 보이스톡으로 전화를 걸어왔다. 수행자가 된 후 자주 만날 기회도 없던 친구들이 아프리카에 온 내 소식을 들은 모양이다. 참 좋은 일, 의미 있는 일을 한다며 모금을 했노라고 전한다. 참을 수 없는 감동의 눈물이 흐른다. 세상에 이보다 더 고마운 일이 있을까. 어쩌다 소식을 들은 나를 위해, 가난한 나라의 아이들을 위해 마흔다섯 명이나 되는 친구들이 동참했다고 한다. 친구들 덕분에 주변 사람들의 시선도 아랑곳하지 않고 울고 또 울었다.

친구들과의 전화에서 받은 감동을 안고 타라로 가는 마타투를 탔다. 마타투는 미니버스로 이곳에서 많이 운행되는 교통수단이다. 마타투 안에 앉은 나는 감동과 행복감에 젖어 있었다. 그때 창문 밖에서 검은 손 하나가 쑥 들어왔다. 여행자, 이방인, 여자, 주의가 산만해진 사람의 물건을 노리는 나쁜 손이다. 손에 들고 있는 핸드폰을 노린 절도범의 손이었다. 하마터면 핸드폰을 빼앗길 뻔했다. 다행히 전화기는 내 발밑으로 떨어졌다. 놀란 가슴을 쓸어내린다. 전율을 느낄 만큼 가슴 가득 차오르던 감동이 순식간에 공포로 바뀌고 이마와 등에 식은땀이 났다. 하지만 그것도 잠시 재난과도 같은 절도미수 앞에서 나는 스스로를 위로한다. 이만하면 정말 운이 좋은 거다. 전화기도 지켰고 친구들에게 기쁜 소식도 받았으니 얼마나 다행인가. 잊어버리자. 시방세계 두루 계신 제불보살님, 신장님 오늘도 저를 지켜 주셔서 감사합니다.

교무님의 선물

타라의 한울안 교무님을 방문했다. 케냐에는 불교, 개신교, 가톨릭, 원불교 등에서 NGO 활동가를 파견하고 있는데 한교무님은 나보다 먼저 케냐에 나와 활동하는 분이다. 처음 케냐에 도착해 여러 번 도움을 받아 항상 고마운 마음으로 소중한 인연을 이어가고 있다. 나는 지부가 있는 카지아도에서 나이로비로, 다시 타라까지 교무님을 만나러 와 하루를 이곳에서 묵었다. 우리는 만날 때마다 많은 이야기를 나눈다. 케냐라는 나라에 대해, 케냐의 사람들과 그들의 전통 문화에 대해서. 또한 서로의 활동에 대해서 이야기를 주고받는다. 여전히 알아야 할 것도 많고 이미 알지만 이해하지 못한 많은 상황에 대해서도 이야기한다. 답답하고 뭔가를 개선해 보려고 했지만 이루어지지 않는 것에 대해, 장막에 갇힌 것 같은 갑갑함을 토로하다 보면 어떤 일은 저들의 상황을 나의 관점으로 이해하려는 마음에서 비롯된 것임을 알게 된다. 내가 생활했던 틀에 맞추어 언어도 풍속도 다른 사람들을 이해하려 한 성급함에 빠져있음을 깨닫기도 한다. 그 순간이 바로 공부가 되는 순간이다. 마음을 다해 잘해보려고 하지만 내 식의 도움과 내 식의 바람을 먼저 내보이고 만 것을 깨닫는 소중한 시간. 이런저런 대화로 밤은 짧았다.

아침으로 감자전과 수제비를 해 먹었다. 케냐에 나와 있으면서 한국 음식을 해 먹는 일은 큰 위로가 된다. 똑같은 감자를 재료로 하지만 감자튀김이나 치즈구이와는 완전히 다른 맛, 말 그대로 그립고 힘든 마음까지도 가라앉히는 음식들이다. 교무님과 함께 산책을 했다. 그동안 피로가 쌓인 탓인지 몸이 조금 무겁게 느껴졌다. 뜨거운 햇살을 받으며 걷자 어느새 마음이 가라앉는다. 한 걸음 한 걸음 지면에 닿는 발바닥에 집중하자 앞으로 나아갈 때마다 마음이 고요해지고 머리가 맑아진다. 봄날 들판에 피어오르는 아지랑이처럼 부드럽고 따뜻한 기운이 전해지고 몸과 마음이 평온해진다. 돌아와 점심까지 함께하고 타라를 출발할 때 교무님께서 선물을 주셨다. 우리 직원들에게 줄 돼지고기와 달력, 행주를 살뜰하게 챙긴 가방이었다.

내가 있는 카지아도 마사이 마을은 돼지고기를 먹지 않는 사람들이 많다. 냄새나고 더러운 환경에 사는 돼지에 대한 거부감이라고 할까. 그래서 카지아도에는 돼지고기 파는 곳이 없다. 교무님이 사는 타라는 캄바족이 살고 있고 이들은 돼지고기를 즐겨 먹는다. 교무님은 이곳에서 많이 먹는 돼지고기를 우리 직원들에게 선물로 준 것이다. 한 가지 놀라운 것은 내가 한국으로 돌아올 때쯤 카지아도에도 돼지고기를 파는 가게가 생겼다.

마음 열기

타라에서 다시 마타투를 타고 출발한다. 지부가 있는 카지아도까지 4시간이 걸리는 조금 먼 거리다. 자주 이용하는 마타투지만 절도 미수를 당한 후에는 자리에 앉아 있어도 전처럼 편안하지가 않다. 자꾸만 주변을 살피게 되고 긴장하게 되니 여행이 피곤해진다. 생각보다 귀가가 늦어지자 직원이 전화를 걸어왔다. 일하는 곳과 숙소가 한곳에 있어 늘 서로를 지켜보며 생활하니 때로는 가족처럼 가깝기도 하고 때로는 어렵고 불편할 때도 있다.

지부장으로 도착한 날부터 사무실에 어린 미묘한 신경전을 감지했다. 그것은 분명하게 표현하기가 쉽지 않은 애매모호한 분위기였다. 그렇다고 하나부터 열까지 지부장이라는 이름으로 알아보고 정리할 수는 없었다. 세상에는 '적당히'라는 참 편리한 말이 존재했다. 한동안 그저 바라만 보았다. 지부장 없이 또래의 직원들이 지부를 운영해왔으니, 중간에 의견 충돌도 있었을 테고 겉으로 드러내지 못하는 감정도 쌓였을 것이다. 거기에 새로 부임한 지부장으로서 업무처리 능력이나 서로를 대하는 인격적인 문제, 상냥함, 배려심 등 조금은 아쉽다고 느끼는 부분에 대해 의견을 표하다 보니 잔소리처럼 들렸을 수도 있다. 그들은 가끔 울먹이며 항의하기도 하고 묵묵부답으로 고개를 숙이기도 했다. 이런 문제들을 어떻게 해결해나가야 할까. 서로를 완벽하게 이해하는 것은 불가능하다. 그렇다면 좀 더 상대방의 마음을 헤아리기 위해 시간을 가져보자. 천천히 여유를 갖고 입장을 알아보기로 했다.

얼마간 시간을 보내고 일대일로 마음 열기를 위한 시간을 가졌다. 저마다 가슴속에 묻어둔 이야기들을 꺼내 후련해지기를 바라는 뜻에서였다. 어린 시절 이야기, 부모님 이야기, 친구들, 일에 대한 이야기가 펼쳐졌다. 가슴에 품은 삶의 의미까지 많은 이야기가 조심스럽게 세상 밖으로 튀어나왔다. 하고 싶은 일도 해야 할 일도 많은 이십 대의 청춘들이 이런 오지에 나와 봉사하고 있다. 이들의 가슴에는 이미 숭고한 인간애와 따뜻한 인정이 가득하다. 그런 그들에게 내가 무엇인가를 더 심어줄 필요는 없었다. 다만 그들에게 필요한 것은 스스로 성숙해지고 유연해질 삶의 겸손함이 필요했다.

눈물은 마음을 정화하는 마법의 약이다. 오랫동안 쌓인 감정으로 자신의 마음을, 상대방의 마음을 들여다볼 수 없게 되었을 때 우리 마음에는 불신이라는 잡초가 자란다. 잡초가 가득한 마음에는 원망과 자기 불안이 함께 자란다. 그럴 때 우리에게 필요한 것이 눈물이다. 더듬거리며 자기 속을 내보이고 열등감처럼 똬리를 튼 자기 불안을 눈물에 녹일 때 우리는 비로소 가장 순수하고 낮은 자세가 된다. 오기가 가득한 상태에서는 모든 것을 부정적으로 보게 된다. 문제 해결의 열쇠는 대화에 있고 일대일 대화의 시간은 충분하지는 않았지만 나름대로 성과가 있었다. 시간이 지나 각자가 처한 입장, 상황에 대한 이해가 시작되면 불필요한 감정의 찌꺼기들은 깨끗이 용해될 것이다. 쓸데없는 감정의 낭비로 피로해진 일상을 정리하고 비로소 후련해진 마음으로 자신을 위로하고 격려할 수 있을 그 날이 오기를 기다리는 것, 이것이 내가 할 일이다.

무려 4시간의 여행을 마치고 돌아가는 길에 카지아도 시장에 들렀다. 오늘은 교무님이 주신 돼지고기로 지부 식구들에게 맛있는 카레를 만들어주어야겠다. 채소가게 주인은 변함없이 환하게 웃어준다. 그 웃음은 불행과 불안을 물리친 긍정의 눈빛이고 희망의 발현이다.

푸코를 읽는 저녁

하루를 정신없이 보내고 책상 앞에 앉아 낮은 소리로 푸코의 글을 읽는다. 프랑스 사람으로 군인이며 탐험가였고 나중에는 금욕주의자였다는 푸코. 그는 1881년에 알제리의 반란을 진압하기 위해 군 장교로 파견되었다가 이슬람 교도들의 신앙심에 감복하여 나중에 트라피스트회 수사가 되었다고 한다. 교단도 없이 함께하는 도반도 없이 홀로 금욕생활을 하였다는 푸코. 1901년부터 사하라 사막에서 연구와 기도 생활을 하던 그는 1916년 프랑스에 반대하는 봉기가 일어났을 때 지방 반군에게 살해당했다.

창밖에는 짙은 어둠이 내리고 사위는 바람 소리 하나 들리지 않는 저녁, 내 목소리를 들으려 집중한다. 내가 지금 여기 이곳에 있음을 확인하듯 나 자신의 목소리를 듣는다.

나는 배웠다

다른 사람으로 하여금 나를 사랑하게 만들 수 없다는 것을

내가 할 수 있는 일은 사랑받을 만한 사람이 되는 것뿐임을

사랑은 사랑하는 사람의 선택에 달린 일임을

나는 배웠다

내가 아무리 마음을 쏟아 다른 사람을 돌보아도

그들은 때로 보답도 반응도 하지 않는다는 것을

신뢰를 쌓는 데는 여러 해가 걸려도 무너지는 것은 한순간

임을

삶은 무엇을 손에 쥐고 있는가가 아니라

누가 나의 곁에 있는가에 달려 있음을

…

그리고 나는 배웠다

아무리 내 마음이 아프다 하더라도

이 세상은 내 슬픔 때문에 운행을 중단하지 않는다는 것을

타인의 마음에 상처를 주지 않는 것과

내가 믿는 것을 위해 내 입장을 분명히 하는 것

이 두 가지를 엄격하게 구분하는 일이 얼마나 어려운가를

나는 배웠다

사랑하는 것과 사랑을 받는 것을
-푸코의 〈나는 배웠다〉 중에서

푸코는 영성에 관해 많은 글을 썼는데 〈나는 배웠다〉는 진
실한 사랑을 올바르게 나누려면 우리가 어떤 배움이 있어야 하
는지 알게 하는 글이다. 믿음의 씨앗을 품은 사람이 어떻게 고
난을 이기고 감사와 기쁨의 자리에 이를 수 있는지, 먼 이국땅에
서 모국이, 정든 친구들이 생각날 때 가만히 소리 내 읽어본다.

어둠 속의 기도

전기가 나갔다. 아니 눈을 떴을 때부터 전등이 켜지지 않았으니 아마도 전기는 밤새 들어오지 않았던 모양이다. 전력이 부족한 이곳에선 자주 있는 일이라 새삼스러운 것도 아니지만, 아침부터 이런 일이 있으면 하루를 시작하는 마음에 맥이 빠진다. 정전, 처음에는 어찌나 막막하고 기가 막히던지. 케냐에 오니 수시로 전기가 나갔다. 그렇다고 언제 정전이 되는지 예고를 하는 것도 아니다. 그냥 느닷없이 나간다. 성질 고약한 사람이 휙 뒤돌아 가듯 말이다. 졸지에 암흑 속에 갇히면 하던 일을 멈추고 잠시 멍해지곤 한다. 그때가 초저녁이라면 하던 일이 많이 남았음에도 일찍 잠자리에 들게 된다.

다음날 아침 눈을 떴을 때까지 전기가 들어오지 않는 경우도 있다. 오늘 아침처럼. 새벽기도를 하는 중에 정전이 되는 때도 있다. 오늘 아침에는 식사 준비를 다 하지 못한 상태에서 정전이 돼 아침을 못 해 먹었다. 늦게 갱죽을 끓여 먹고 늦은 점심으로 직원들과 카레를 먹었다.

가끔은 전기가 들어오지 않아 좋을 때도 있다. 전기가 끊겨 당장 무슨 일이라도 생기면 어떡하나 당황하던 순간도 있었지만, 차라리 잘된 일이다 싶을 때. 예를 들어 계획했던 일에 차질이 생겨 도무지 업무에 진척이 없을 때나 부처님께 기도를 드릴 때가 그렇다. 그럴 때는 침침한 방안에서 합장하고 부처님 앞에 선다. 다라니를 1독, 3독, 7독 염한다. 세상의 소리는 모두 사라지고 남은 것은 오직 내 목소리뿐인 것 같은 적요의 시간. 다라니를 읽는 횟수가 쌓이고 조금씩 호흡이 빨라지면 벽을 따라 길게 누운 촛불 그림자가 빠르게 일렁인다. 아란야, 이 순간이야말로 케냐의 내 방이 더없이 평화롭고 경건한 적정처가 된다. 읽고 또 읽고 마음 깊은 곳에서 우러난 소리는 내 방을 벗어나 마른 대지를 거쳐 광활한 우주로 퍼져나간다. 정신은 맑아지고 가슴엔 환희심이 솟는다.

긴 기도가 끝나면 다시 방석에 앉는다. 현장 이곳저곳을 다니느라 피로에 지친 일상에서는 단 몇 분도 차분히 앉아 있기가 어렵다. 마음으로는 언제나 수행해야 한다고 생각하지만, 현실적으로는 실행에 옮기지 못한 날이 많다. 수행도 몸과 마음의 균형을 맞추어야 하는데 그렇게 하지 못한 나 자신의 게으름을 경책하며 참회한다. 나는 왜 이곳에 왔는가. 묻고 대답하는 내 눈앞에 무수한 풍경들이 펼쳐진다.

금방이라도 쏟아져 내릴 듯 밤하늘을 가득 채운 별들과 뽀얗게 들판에 일던 마른 먼지와 평원 위에 떠 있던 흰 구름이 보인다. 핸드 펌프 아래 노란 물통에 주둥이를 박고 물을 마시는 뼈만 남은 하얀 염소와 흰 꽃을 피운 가시나무와 봉제선이 터진 아이들의 교복도 생각난다. 태양이 지평선 너머로 모습을 감춘 뒤 은은하게 빛나던 분홍빛 하늘과 새로 박은 관정에서 분수처럼 솟구치던 지하수와 인키니 농장에서 빨갛게 익어가는 토마토까지. 부족하지만 더 나은 단계로 나아가기 위해 분주하게 오가는 내 모습도 보인다. 어느새 내려앉을 것만 같던 어깨의 통증이 사라지고 따뜻한 기운이 등줄기를 타고 올라온다. 이제 남은 것은 환한 생각뿐이다. 나는 알 수 있다. 시방세계 불보살님들이 케냐 땅 좁은 내 방에 가득 나투셨다는 것을.

체크무늬 붉은 숄을 어깨에 두른
마사이족은 자신들을 상징하는
긴 작대기를 어디나 들고 다녔다.
거기에 몸을 의지하여 서 있기도 한다.

마사이와 소

지부에는 현지 직원이 셋 있다. 그중 한 직원 아버지는 천 마리나 되는 소를 기른다. 그렇게 많은 소를 본 적이 없어 상상하기 어렵지만, 천 마리를 어떻게 다 먹여 키우는지는 매우 궁금했다. 넓은 들판에 불그죽죽한 소들이 천천히 걸어가는 풍경을 그려본다. 천 마리나 되는 소의 무리는 자연에게 매우 두려운 존재일 것이다. 그 많은 소가 지나간 자리에 무엇이 남아날까. 대단위 목축이 만들어내는 생태계의 훼손과 먹이피라미드의 붕괴는 기준점을 넘어서 모든 것을 파괴하는 시작점이 된다.

2017년 아프리카에 극심한 가뭄이 찾아왔다. 우물이란 우물은 모두 말랐고 들판에 나가면 죽은 소들이 천지에 널려 있었다. 죽은 소 옆에 체크무늬 붉은 숄을 어깨에 두른 마사이들이 서 있었다. 그들은 자신들을 상징하는 긴 작대기를 어디나 들고 다녔는데, 그날도 긴 막대기에 몸을 의지하고 망연자실하게 서 있었다. 붉은 털을 가진 소들의 사체가 분해되는 동안 사방에는 썩는 냄새가 진동했다. 숙소의 창문을 열어놓을 수도 없고 밖으로 나가 산책을 할 수도 없을 만큼 역겨운 냄새가 났다. 어쩔 수 없이 일하러 갈 때는 마스크를 했지만, 그따위가 무슨 소용이 있겠는가.

그때 직원의 아버지도 몇 백 마리나 되는 소를 잃었다고 한다. 그런데도 여전히 소를 키우고 있고 다시 천 마리를 채우려고 한다는 소식을 들었다. 나는 직원에게 말했다.

"소를 키우는 일 말고 다른 투자 방법을 알아보는 것은 어때?"

그는 고개를 저었다. 소를 키우는 일은 마사이의 전통이고 자부심이라고.

"마사이는 소를 길러야 하고 소가 있어야 부자다."

직원의 아버지는 늘 그렇게 말한다고 했다. 전통 생활 방식을 바꾸는 일은 쉽지 않다.

몇 백 년 동안 유목의 삶을 이어온 마사이들이 환경의 변화로 인해 정주하는 삶을 살게 되었다. 소와 염소를 몰고 다니며 풀을 뜯게 했던 사람들이 집을 짓고 땅을 개간해 씨를 뿌리는 경작을 하게 된 것이다. 물론 그것은 그들이 원한 삶이 아니라 훼손된 자연환경 때문에 어쩔 수 없이 선택한 생활이다. 모험과도 같은 새로운 삶의 방식이다. 지금보다 많은 돈을 벌면 어려운 사람을 도울 수도 있고 공부하고 싶지만 할 수 없는 아이들도 도울 수 있다고 단순하게 말하지만, 그들에게 정착은 여전히 쉽지 않은 선택이다.

마사이 사람들은 왜 소를 포기하지 못하는 걸까. 물이 부족한 곳은 사람과 마찬가지로 소의 삶도 고통스럽다. 소는 바싹 마른 풀만 남은 들판을 3~4시간씩 걸어가서 물을 먹는다. 신기한 것은 소도 차례를 지키면서 물을 먹는다. 누가 막대기를 휘두르는 것도 아니고 줄을 세우는 것도 아니다. 자연스럽게 소들끼리 질서를 만들어 간다. 물을 마신 후에는 같은 거리를 또 걸어서 집으로 돌아온다.

업이다. 사람도 소도 모두 업의 굴레에서 살고 있다. 굴레에서 벗어나기 위한 방법을 찾는 일은 쉽지 않다. 얼마든지 더 나은 방법이 있음에도 그것이 문제를 해결하는 정답인지 알지 못하기 때문이다. 업과 무지는 변화를 방해하는 장애물이다. 장애가 되는 것을 하나씩 걷어내야 한다는 것을 알지만 그 일은 쉽지 않기에 고통과 괴로움이 따른다. 모든 삶이 그렇듯.

케냐의 선거

카지아도 마사이랜드가 시끄럽다. 이유인 즉 국회의원 보궐선
거가 치러지기 때문이다. 각 당 후보를 결정하기 위한 경선 투
표가 26일에 이루어지고 두 달 뒤에는 국회의원 선거도 있다.
후보 중 하나가 택시기사들을 매수하여 택시에 포스터를 붙이
고 길거리 퍼레이드를 한다고 현지 직원들이 소식을 전한다.

우리 직원들은 파일럿 출신의 후보자를 지지하는데 우리가
정해놓고 이용하는 택시기사는 다른 후보자를 지지한다. 이곳
사람들은 정치에 관심이 많기 때문에 선거운동이 시작되면서
후보자에 대한 토론이 자주 이루어진다. 현장에 다녀오는 중에
도 택시 안에서 열띤 공방이 있었다. 자신이 지지하는 후보의
장점을 부각하려고 목소리가 컸지만, 헤어질 때는 언제 그랬냐
는 듯이 서로 웃으며 잘해보자고 악수하며 헤어진다. 그런 모습

이 세련돼 보여 우리하고는 다르다는 생각이 든다.

우리는 선거 한번 치르고 나면 원수라도 된 것처럼 가슴에 앙금이 남고 상처투성이가 되는데, 각자의 정치적 견해를 존중하는 이곳 사람들의 모습이 신선하게 다가온다. 그러나 이곳에도 선거의 부작용은 있다. 요즘 카지아도 타운에 있는 식당은 평소와 달리 사람들이 북적댄다. 그게 다 선거 때문이라고 하는데, 탁 까놓고 이야기하지는 않지만 돈 선거가 판을 치는 모양이다. 가만히 그들의 모습을 바라보다 남 일 같지 않아 씁쓸한 웃음이 나온다.

케냐 사람들은 정치에 관심이 많다. 저들도 우리처럼 가슴 아픈 식민의 역사를 거쳤기 때문에 정치의 중요성을 잘 안다. 나라를 이끌어갈 지도자가 얼마나 중요한지, 정책에 관한 관심도 높다. 더구나 여러 부족이 모여 만든 나라니만큼 각 부족은 자신들의 부족에서 정치지도자가 나오기를 바란다. 한국도 지역적인 문제 때문에 여러 현상이 나타나긴 마찬가지지만 말이다. 영국의 식민 지배 기간 동안 케냐 사람들은 극심한 핍박과 압제에 시달렸다. 영국은 중부지역의 비옥한 토지를 키쿠유 사람들에게서 약탈하여 백인 정착민들에게 나누어 주었다. 그뿐 아니라 토착민보호지를 지정해 케냐 사람을 본래의 터전에서 다른 지역으로 강제 이주시켰다. 2차대전이 끝난 후 케냐에서는 실업률이 증가하고 물가가 폭등했다. 주거 공간조차 부족한 케냐 사람들과 영국 정부의 관계는 최악의 상태로 치달았다. 그뿐 아니라 케냐 내부에서도 빈민층과 지주계급 간에 긴장이 고조되어 분열적인 모습들이 나타났다.

이때 시작된 것이 마우마우 운동이다. 마우마우 게릴라군은 영국군과 지역방위군을 상대로 싸움을 벌였고 키쿠유 농민들은 게릴라부대에 거처와 식량을 제공하였다. 이를 빌미로 영국군은 수많은 민간인 학살을 자행했다. 10여 년 동안 케냐인 9만 명이 죽고 16만 명이 수용시설에 감금되었다고 한다. 실로 끝없는 저항의 기간이었다.

1952년부터 1963년까지 치열하게 일어났던 '마우마우 운동'은 우리의 독립운동과 유사한 점이 많다. 1963년 12월 12일, 케냐는 영국으로부터 독립하였다. 당시 저항운동의 지도자였던 '조모 케냐타'가 초대 대통령으로 취임하며 케냐에는 민주화시대가 열렸다. 그러나 케냐의 보수적 엘리트 집단과 급진좌파는 대립했고 권력투쟁의 과정에서 국민을 위한 정치는 사라졌다. 정치인들은 자신들의 지위강화에 마우마우를 이용한 것이다. 그 결과 국민들은 지금까지도 가난에서 벗어나지 못하고 있다.

그 후 다음 대통령 선거가 끝난 후 사상 초유의 대통령 재선거를 치르는 일이 일어났다. 초대 대통령인 조모 케냐타에 이어 그의 아들 우후루 케냐타와 야권 대표인 라일라 오딩가가 후보로 나선 선거에서 우후루 케냐타가 승리했지만, 대법원은 부정

선거 판결을 내렸다. 재선거가 시작되고 우여곡절 끝에 야권의
후보는 공정성을 문제 삼아 후보에서 사퇴했다. 지금까지 케냐
는 경제발전은 크게 이루지 못했지만, 일련의 사건들을 볼 때
케냐의 정치적 민주주의는 많이 성숙한 듯 보인다.

이별과 만남

새로운 직원이 지부에 도착했다. 공항에 나가기로 했는데 업무 때문에 좀 늦게 출발했다. 낯선 공항에서 혼자 기다릴 것을 생각하니 미안한 마음에 좌불안석이다. 비행기 도착시간보다 20분이나 늦었다. 케냐에 도착하던 날 낯설고 추운 공항에서 마중 나온 지수를 만났던 때가 생각난다. 은미도 무서웠겠지. 키는 크고 온통 시커먼 사람들이 택시를 타라고 다가왔을 텐데. 어쨌든 새 직원이 온 것을 계기로 지부에 활력이 넘치면 좋겠다.

이른 새벽, 잠에서 깼다. 더는 잠이 올 것 같지 않았다. 세상은 모두 암흑이다. 어제저녁부터 정전이더니 여태 전기가 안 들어온다. 내 마음이 왜 이리 무거울까. 마음의 무게가 느껴진다. 잘 될 거야. 나는 인복이 있는 사람이니까.

새로운 만남은 이별을 예고한다. 그리고 누구에게나 장점이 있으면 단점도 있는 법. 인연의 소중함을 알면서도 일에 치여서, 시간에 쫓겨서 섬세하게 마음 쓰지 못할 때가 있었다. 보내는 마음, 맞이하는 마음, 적당히 복잡한 감정들이 되살아난다. 그러면서 다시 나 자신을 돌아본다. 잊지 말자. 사람이든 일이든 성급한 판단은 금물, 지금 여기에서 고요히 바라보자.

해가 졌다. 집 앞에 있는 나무가 저녁 바람에 흔들린다. 오늘은 어쩐지 내 마음도 바람 따라 흔들리는 것 같다. 아련한 그리움, 헤어진 것들에 대해 무수한 그리움이 일게 하는 바람이다. 인연 있던 많은 사람을 기억 속에서 끄집어낸다. 그렇다. 사람과 사람 사이에 섬이 있다고 하던가. 아니, 사람과 사람 사이에 믿음이 있다. 우리는 서로에 대한 믿음이 있기에 이 먼 땅, 후미진 곳에 온전하게 나를 던지기 위해 서 있을 수 있지 않은가.

공연히 마음이 흔들릴 때면 법정 스님의 글을 생각한다. "나는 누구인가? 스스로 물으라. 자신의 속 얼굴이 드러나 보일 때까지 묻고 물어야 한다."

온전하게 나를 알면 상대방을 믿지 못할 까닭이 없다. 오늘 하나의 인연이 떠나고 새로운 인연이 왔으니 인연의 소중함을 지중하게 여기며 하루를 마감한다. 나무관세음보살.

인생은 B와 D 사이

인생은 B로 시작해 D로 끝난다, 누군가 올려놓은 글을 읽었다. 태어나서(Birthday) 죽음(Death)까지를 정리하니 그렇단다. 그런데 놓치지 말아야 할 것이 B와 D 사이에 C가 들어있다는 것이다. 여기서 C는 운명(change)이라고 했다. 사실 체인지를 운명이라고 옮긴 것은 지나치게 숙명적인 변환이 아닌가 싶기는 하다. 말 그대로 태어나서 죽을 때까지는 수없이 많은 체인지의 기회가 있다. 언제 어떻게 체인지가 일어나는지 다 알 수는 없지만, 확실한 것은 자신의 의지로 운명적인 체인지가 가능하다는 것이다.

내가 아프리카를 여행하게 된 것도 그리 좋은 상황에서 결행한 것은 아니다. 복지관을 운영하면서 조금은 지쳐있었고 시끄러운 세상에서 한발 물러서고 싶은 마음에서였다. 거기에 좀 더 넓은 세상에 나를 헌신하고 싶은 마음이 있었다. 더 구체적으로 들여다보면 내 마음속에는 마더 테레사 수녀를 존경하는 마음이 컸다. 불제자가 되기로 마음먹었을 때 나는 성불하겠다는 서원보다 어려운 사람을 돕겠다는 보살의 서원을 우선으로 했다. 학생 시절 육성회비를 제때 못 낸 친구들이 받는 괴로움을 여러 번 보았다. 선생님은 그런 아이를 불러내 반 아이들이 보는 앞에서 망신을 주고 함부로 체벌도 했다. 그 장면을 볼 때 마음이 너무 아팠다. 제자들에게 빚쟁이 닦달하는 채권자처럼 행동하는 선생님들의 모습이, 자신의 행동에 아무런 책임도 부끄러움도 느끼지 못하는 선생님의 태도가 부당해 보였다. 어느 날 어머니가 준 육성회비를 다른 친구에게 주었다. 지난 분기의 것을 내지 못했던 친구에게 꼭 갚으라며 빌려줬지만, 그 친구가 돈을 갚을 수 있는 확률은 없었다. 결국 미납통지를 받은 어머니가 학교에 와 뒤늦게 돈을 냈다. 그날 저녁 집에서 꾸중을 듣기는 했지만 기분은 전혀 나쁘지 않았다. 부모님도 그것을 잘못된 행동이라고 하지는 않으셨다. 다만 우리 집도 넉넉하진 않았기에 부담스러우셨을 것이다.

어려운 사람들을 보면 돕고 싶은 마음이 간절했다. 테레사 수녀 이야기를 읽은 후에는 그 마음이 더 깊어졌다. 어떻게 하면 나도 그분처럼 살 수 있을까. 병들고 버려진 사람들을 살피고 나환자까지도 아무 거리낌 없이 보살폈다는 이야기는 지금도 잊지 않고 가슴에 새기고 있다. 시간이 갈수록 내 맘속에 테레사 수녀는 더 선명하게 자리 잡았다. 작은 내 마음속에는 크나큰 보현보살과 테레사 수녀가 나란히 들어와 계시다.

그분의 이야기를 읽고 내게도 체인지의 씨앗이 심어진 모양이다. 케냐에 와서 아이들을 볼 때마다 나와 같은 경험을 할 수 있게 해주고 싶었다. 새로운 것을 느끼고 변화할 수 있는 체인지의 기회도 주고 싶었다. 기회는 우연히 오지 않는다. 뿌린 씨앗이 있을 때 싹이 나듯이 인과의 인연이 있어야 체인지의 기회가 온다. 인생이라는 긴 여정 중에서 이제 몇 발짝을 떼기 시작한 아이들에게 알려주고 싶었다. 무엇인가를 할 수 있다는 것을, 무엇인가가 될 수 있다는 희망을. 그러기 위해서는 새로운 경험이 필요하다. 자신들이 사는 세상과는 다른 넓은 곳, 새로운 세계가 펼쳐져 있다는 것을 보여주고 싶었다. 사막과도 같은 들판에 작은 웅덩이가 유일한 생명줄이 아니라는 것을 알려주고 싶었다. 세상에는 웅덩이보다 더 큰 냇물과 강과 바다가 있고 그 위를 안전하게 건널 다리도 있다는 것을, 강물을 따라가면 경계를 알 수 없을 만큼 넓고 넓은 바다가 있다는 것을. 그리고 그 넓고 큰 세상에서 주인공이 될 수도 있다는 것을 알려주고 싶었다.

아이들과 함께 여행을 가는 거야. 모두에게 삶을 체인지할 기회를 주는 거야. 잘 알려진 것과 같이 지구촌공생회에는 교육사업, 식수사업, 지역개발사업 등을 후원해 주는 분들이 계시다. 우리는 케냐의 5개 학교 아이들에게 첫 번째 체인지의 기회를 만들어 주기로 했다. 후원자들이 보내주신 돈에서 아주 작은 액수를 모으고 지부 운영비를 절약했다. 각 학교의 교장 선생님들과 의논해 수학여행 경비를 보태기로 했다. 선생님들도 우리 제안을 흔쾌히 받아들였다. 첫 여행이니 당일 여행으로 시작했다. 그러고도 부족한 돈은 한국의 도반스님들께 후원을 요청했다. 도반스님들도 어렵기는 마찬가지였지만, 케냐의 아이들을 위해 기꺼이 경비를 보태주었다. 언제나 고맙고 고마운 나의 도반스님들이다. 말로만 세운 계획, 글로만 정리된 세상은 오그라들어 펴지지 않는 주먹 안의 세계와 같다. 드디어 수학여행을 떠날 준비가 되었다.

혼자 있는 날

지부장으로 신경 쓰이는 일 중 하나가 운영비 관리다. 부족한 운영비를 효율적으로 쓰기 위해서 여러 가지로 고심한다. 그것은 조직의 장이라면 누구나 겪는 일일 것이며 의성에서 노인복지관을 운영할 때도 마찬가지였다.

케냐 지부에는 일하는 직원이 많지는 않지만, 역할에 따라 부르는 이름이 다르다. 한국 직원들은 프로그램 매니저(PM, Program Manager), 현지 직원은 매니저(Manager), 농장에서 일하는 사람들은 워커(Worker) 등으로 구분해 부른다. 오늘은 PM들 월급 주는 날이다. 일찌감치 은행에 갔다. 직장인이 월급날만큼 기다려지고 기분 좋은 날이 또 있을까. 은행에 가서 한국에서 보내온 돈을 확인하고 한 달 써야 할 돈을 체크했다. 한 달 경비가 들어오면 꼼꼼하게 명세를 관리하고 예산에 맞추어 지출해야 한다. 그렇지 않으면 어딘가 새 나갈 구멍이 생기고 결과적으로 필요한 곳에 쓰지 못하는 경우가 있게 마련이다.

월급을 받은 두 PM은 나이로비로 나갔다. 한 사람은 환전을 위해, 또 한 사람은 필요한 물건을 사야 한다고 했다. 곧 한국으로 갈 지수는 케냐를 떠나기 전에 케냐 여자들이 하는 헤어스타일에 도전해볼 생각이라고 했다. 주말이면 현지인이라고 할 만큼 멋진 패션으로 나들이 하는 지수니까 새로운 헤어스타일도 충분히 잘 어울릴 것이다.

이 시간부터 나는 지부를 지키며 독수공방해야 한다는 의미다. 모처럼 혼자 앉아 고요한 행복을 즐길 수 있을 것 같다. 귀한 자유 시간을 얻었으니 특별한 무언가를 해야 할 것 같은 설렘도 있다. 그러나 세상만사 뜻대로 되지 않는다더니 오늘따라 지부를 찾는 손님이 많다.

제일 먼저 목사님이 오셨다. 차 한잔과 감자부침을 나누어 먹었다. 목사님은 기운이 없어 보인다. 며느리가 시한부 삶을 살고 있다고 한다. 한창 젊은 사람인데 그 심정을 어떻게 위로해야 할지 참 막막하다. 불제자로 도통한 것처럼 죽음을 가벼이 말할 수도 없고 그렇다고 그분의 신앙에 맞춰 형식적인 인사를 건넬 수도 없다. 그저 그 마음을 헤아려볼 뿐이다. 살다 보면 누구나 생각지 못한 이별을 맞는다. 너무 빨리 다가온 헤어짐 앞에서, 현명하게 마침표를 찍는 일은 우리 같은 수행자나 목사님들에게도 쉬운 일은 아니다. 머리와 가슴의 회전 속도가 다르기 때문이다.

목사님이 느닷없는 말을 던진다. "다른 목사가 하느님과 목숨 가지고 거래하지 말래요." 그 말을 듣는 순간 머릿속에 서늘한 느낌이 스쳐 갔다. '그래 맞아, 우리는 거래하기 좋아하지.' 우리는 뭔가를 기원하면서 흔히 조건을 단다. "부처님께서 나에게 이것 해주면 저것 할게요" 같은 조건부 기도이다. 그것이 거래가 아니고 무엇인가.

그다음 찾아온 사람은 농장기술업자 제네리커씨다. 여러 개의 농장을 운영하고 있으니 시설물 관리가 쉽지 않다. 오래된 곳은 새로운 설비로 바꿔야 하고 새로 설치한 시설도 제대로 관리하지 않으면 고장이 잦기 때문에 제네리커씨는 중요한 손님이다.

그다음 방문객은 매니저 라파엘과 함께 드립 라인 견적을 가지고 온 사람이다. 넓은 농장에 일일이 물을 주는 것이 쉽지 않아 드립 라인을 설치해 자동으로 물을 주는 시설을 설치하기로 했다. 결정하고 나니 실질적인 경비와 설치방법 등 의논하고 알아볼 일이 많다. 짧은 시간이지만 필요한 부분에 관해 이야기 나누었다. 서로에게 도움이 되는 일이라 고마운 마음을 주고받으며 정리가 잘 되었다.

한국행 휴가

케냐에 온 지 14개월 만에 첫 휴가를 얻었다. 무엇부터 할까. 나이로비공항에 일찍 도착해서 아직 비행기도 안 탔는데 한국에 가면 누구부터 만날까 생각한다. 일단 사무국에 들렀다가 은사스님께 인사드리고 그 다음은 좀 더 생각해보자.

드디어 인천공항에 무사히 도착. 지구촌공생회 사무국으로 직행해 인사하고 후원팀과 봉은사불교대학에 들러 인사했다. 그리고는 반가운 사람을 만나 모처럼 즐거운 시간을 보냈는데, 역시 시차 때문에 밤에는 잠을 잘 못 이뤘다.

두 번째 휴가는 첫 번째와 달리 조금 여유가 있었다. 그야말로 한국에서 꿈같은 시간을 보냈다. 중앙승가대학교 후배스님들과 함께하는 시간도 가졌다. 강연요청을 받아 케냐의 활동과 앞으로의 계획에 대해 이야기했다. 더 많은 스님이 함께 활동할 수 있기를 기대하며 용기를 냈는데 강연 내내 스님들께서 경청해주셔서 감사했다. 휴가 중에 많은 사람을 만났다. 불교TV에 출연해 지구촌공생회가 하는 일에 대해 알렸고 학생들을 만나 아프리카 케냐가 어떤 나라이고 NGO가 어떤 일을 하는지에 대해서도 이야기했다. 모두들 아프리카에서 내가 어떤 일을 하는지, 아프리카 케냐는 어떤 나라인지 궁금해 하고 관심 가져주었다.

휴가를 끝내고 케냐로 돌아왔다. 지부에 도착하자마자 새로운 의욕이 솟는다. 주지사와 미팅이 잡혀있고 3개 학교 어린이날 행사도 준비해야 한다. 아이들이 오래오래 기억할 신나는 날을 만들어주고 싶다.

만해중고등학교에 갔더니 휴가를 마치고 무사히 돌아왔다고 아이들이 신나는 춤을 추며 열렬히 환영해준다. 이 아이들을 위해 내가 할 수 있는 일을 찾기 위해 더 열심히 고민한다.

밀린 업무를 처리하고 필요한 물건을 구입하러 마트에 가니 케냐도 방학이 끝나 개학하는 자녀들의 학습준비물을 구입하기 위해 학생과 부모들이 마트에 나와 무척 복잡하고 계산대가 끝이 안 보인다. 아이들은 이방인이 신기해서 보고 또 본다. 모든 것이 제 자리에서 원만하게 돌아가고 있다.

마음 수행

갑작스럽게 나이로비에 있는 교무님 댁을 방문할 일이 생겼다. 이민국에 제출할 서류가 필요하다고 한다. 부지런히 길을 나서 오후 5시에 교무님 댁에 도착하였다. 교당과 유치원이 제법 모양새를 갖추고 있다. 이렇게 큰 불사를 케냐 땅에 하시다니 교무님의 노고와 원불교의 힘을 느꼈다. 내게도 이 땅에 부처님을 모실 절을 지을 기회가 있을까. 그런 날이 온다면 얼마나 신바람이 날까. 상상만 해도 설렌다.

일을 마치고 그곳을 출발해 엘리자베스를 방문했다. 종교는 다르지만 그녀는 케냐에서 내게 많은 도움을 주는 친구다. 그곳에서 하루를 묵다가 말린디에서 사역한다는 신부님을 만났다. 44세의 신부님에게서 뜨거운 열정이 느껴졌다. 아프리카에서 만 7년째 사역 중이라고 하니 참 대단한 분이다.

각기 다른 믿음을 가진 사람들이 모여 서로의 활동에 대해 이야기를 나누다보니 속이 좀 불편해졌다. 그렇다고 마음에 옹이처럼 담아둘 일은 아니다. 이해받지 못하는 부분은 이해하지 못하는 사람의 문제이니 내가 이해받기 위해 억지로 무엇을 할 필요는 없다. 선과 후가 어떻든 다른 사람들과 다툼 없이 조율하며 사는 일이 큰 수행임을 새삼 느낀다. 내일은 또 어떤 일이 기다리고 있을지.

일을 망치고 아무것도 배우지 못한다면 당신은 실수를 한 것이다. 일을 망치고 무언가를 배웠다면 당신은 경험을 한 것이다. -마크 맥파드

별 세는 저녁

아프지 않은 마음이 어디 있으랴. 그저 둥글둥글 살아가면 되는 것이지. 일과를 끝낸 직원들이 한자리에 모여 무슨 이야기를 나누는지 웃음소리가 터져 나온다. 서로 마음이 어긋나 삐걱대던 때를 생각하면 저렇게 웃는 것만으로도 참 다행이다 싶다.

지부 식구들과 산책하러 나갔다. 숙소를 벗어나 너른 평원을 향해 걸었다. 집도, 소도 염소도 없는 오로지 평원만 펼쳐진 곳을 향해 계속 걸었다. 일모로그 평원이다. 케냐 사람들은 이 평원을 소중하게 생각한다. 케냐는 물론 아프리카 문학을 대표하는 작가 응구기 와 티옹오(Ngugi Wa Thiongo)의 소설《피의 꽃잎들》에는 평원에 사는 사람들의 이야기가 나온다. 우리 문단에서는《토지》나《태백산맥》같은 소설이라고 할 수 있겠다. 어쨌든 우리는 이곳 사람들이 근원적 터전이라고 믿는 평원을 바라보며 많은 이야기를 나누었다. 인간이 성장하는 과정에서 겪는 수많은 사건으로 트라우마가 생기며 그것은 어른이 되어도 쉽게 벗어나지 못한다는 것을 확인할 수 있었다. 상처를 극복하지 못한 사람은 예고 없이 무너질 확률이 높다. 흔들림을 감추고 아무렇지 않은 척 투쟁하는 삶을 살다 마침내 무너져 내리고 마는. 설령 완전히 쓰러지지 않는다고 해도 그것을 견디며 현실을 살아가는 것은 너무나 고통스럽다는 것을 느꼈다. 상처를 치유하고 분노의 대상을 용서하는 일, 어둡고 슬펐던 과거의 시간을 과감하게 뿌리치는 일은 이성이나 논리만으로 해결하기는 어렵다.

상처를 회복하지 못한 아이의 눈물을 보았다. 목멘 소리가 멈추지 않는다. 저 아이 앞에 펼쳐진 미래는 물처럼 평온하기를 기도한다. 단단하게 얼어붙은 아픔이, 화석이 된 상처가 녹아내려 평화로워지기를 기도한다. 어두워진 들판을 걸어 집으로 돌아온다. 등 뒤 먼 들판에서 누군가 따라오는 것만 같다. 아카시아 나뭇잎 흔들리는 소리가 들린다. 바람이 오는 소리일 거야. 설마 이렇게 큰 사냥감을 노리는 맹수는 없겠지. 하나도 아니고 셋씩이나 말이야. 돌아보니 평원은 어둠 속에 잠겨 아무것도 보이지 않는다.

오늘도 전기가 들어오지 않는다. 공연히 뭔가가 불편한 느낌이 들어 이리저리 산만하게 오간다. 그러다 우리 같이 별이나 보러 나가자고 했다. 어차피 어두운 방에 있을 거면 밤하늘이라도 바라보자 싶었다. 지부 식구들과 물탱크 옥상에 자리를 깔고 앉았다. 많기도 많은 저 별들, 밤하늘에 반짝이는 뭇별들을 어디부터 세어 볼까. 고개를 들어 바라본 밤하늘을 표현할만한 말은 아름답다는 말 외에 없다. 그냥 아름답다. 별자리도 성단의 이름도 구분할 수 없지만 한 지붕 아래 식구들이 오롯하게 모여 밤하늘을 보는 즐거움이 크다.

섣달그믐

섣달그믐이다. 헤어져 있다가도 집으로 돌아가 가족들과 함께 하는 날인데, 외국에 나와 있는 지부 직원들이 새삼 마음에 걸 린다. 겸사겸사 현지 매니저들과 나눌 한국 음식을 만들기로 했 다. 말하자면 본격 설 준비인 셈이다. 온종일 감주를 만들어 보 겠다고 엿기름을 물에 담가 놓았다. 밥솥에 새로 지은 고두밥과 엿물을 담아 삭힌다. 밥알이 동동 떠오를 때까지 다른 일을 한 다. 쇠고기 장조림을 만들고 녹두를 물에 불리고 모처럼 부엌이 복잡하고 분주하다. 채소를 다듬고 양념을 준비하다 말고 피식 웃음이 난다. 아무래도 나는 모자란 사람인 모양이다. 직원들 하는 짓이 마음에 안 든다고 미워했는데 어느새 맛있는 음식 해 먹이겠다고 오전 내 동동거리고 있으니 말이다. 더구나 케냐 에서 즐거운 설날을 만들어 보겠다고 이 난리를 치고 있다. 시장에 가서 채소를 사고 한국에서 가져간 재료들도 아낌없이 꺼내 쓴다.

현지 직원들은 아침에 출근하자마자 청소를 시작한다. 구석구석 먼지를 털고 물건들도 정리하며 일 년치 대청소를 하고 있다. 마당으로 나가서는 크게 웃자라거나 방향이 어긋난 나뭇가지를 자르고 마당에 풀도 뽑았다. 점심에는 소면을 삶아서 오랜만에 잔치국수를 먹었다. 색을 맞춰 고명을 올리니 제법 먹음직스럽다.

대청소 하는데 전화벨이 울린다. 교무님이 2시간 거리에 있는 사무실로 빨리 오란다. 이민국 직원이 나오기로 했다고. 비자 문제로 처리할 일이 있어 이번 주 내내 나이로비를 들락거리게 되었다. 이민국 직원이여, 제발 오늘만은 약속을 지키시라. 그를 기다리게 하면 안 된다. 서둘러 현지 직원 옴포예와 함께 출발했다. 지부 사무실을 출발해 1시간 30분가량 열심히 달렸는데 연락이 왔다. 또 오지 말라고 한다. 이민국 직원이 차가 없어서 못 오겠다나. 어이가 없다. 차를 돌려 키링겔라에서 피자를 한 판 사서 돌아온다.

2017년 정유년 한 해를 보낸다. 무술년에는 새로운 마음으로 시작해보자. 좋은 인연들과 함께 내일 떡국을 나누자고 목사님 댁에서 전화가 왔다. 다른 나라에서 서로 안부를 묻고 도움을 주고받을 수 있는 인연들이 가까이 있음에 감사한 시간이다.

새 날 새 아침

새해가 밝았다. 2014년이 가고 2015년이다. 케냐에 온 지도 벌써 반년이 되어간다. 케냐는 적도 위에 위치한 나라이기 때문에 계절에 따른 기온의 변화가 심하지는 않다. 그래도 자연의 변화는 온몸으로 느낄 수 있다. 케냐의 해안지역 평균 기온은 21~31도 정도이고 나이로비와 온화한 고원지대의 기온은 13~25도 정도이다. 한낮에는 아무리 더워도 32도를 넘지 않고 추워도 25도 이하로 내려가지 않는다. 흔히 한국 사람들이 생각하는 아프리카의 숨 막히는 기온은 이곳 고지대에 속하는 케냐와는 조금 거리가 있는 편이다. 일 년 중 가장 더운 시기는 1~3월이고 가장 추운 시기는 7~8월이다.

한겨울 추위로 새해를 맞던 한국 날씨에 익숙한 나로서는 무더위로 새해를 맞이하게 되니 해가 바뀌었다는 것이 실감 나지 않는다. 작년 7월, 나이로비 공항에 내려서 추위에 떨던 때가 아주 오래전 일 같이 새삼스럽다. 한동안 더위가 기승을 부릴 테니 이제 몸과 마음의 준비를 단단히 해야 한다. 하지만 고원지대인 이곳의 새벽 기온은 아직 선선하여 기도를 드리기에도 계획을 짜기에도 안성맞춤이다.

이른 새벽 눈이 떠진 날이면 마당으로 나가 새벽별이 반짝이는 하늘을 본다. 멀리 평원 한쪽에서는 해가 기지개를 켜고 떠오를 준비를 한다. 광활한 평원과 빛나는 별, 모든 소음이 가라앉아 고요한 시간, 이 시간이 내겐 적정의 시간이다. 어젯밤까지만 해도 복잡하게 꼬여있던 일들이 말끔히 해결된 것 같이 마음은 평화롭고 순해진다. 그렇게 한동안 고요에 젖어 있다보면 어느새 광명한 햇살이 얼굴을 비춘다. 길지 않은 케냐의 생활이 영화의 한 장면처럼 스쳐간다. 두렵고 막막했던 시간을 무사히 건너온 지금, 햇살을 받으며 짧은 새해 기도를 올린다. 오늘 이 자리에서 평온한 하루를 다시 시작할 수 있음에 진실로 감사하다.

자전거 사고

퍼진 뱀의 독을 약초로 제거하듯이
일어난 분노를 제거하는 수행자는
이 세상도 저세상도 다 버린다.
뱀이 낡고 묵은 허물을 벗어버리듯.
　-숫타니파타

자전거를 타고 나갔다 넘어져 얼굴에 온통 상처투성이다. 퉁퉁
부은 얼굴은 아무리 보아도 내가 아니다. 오른쪽 눈썹 위에 상
처는 깊어서 흉터가 남을 것 같다. 눈조차 감겨 제대로 볼 수가
없다. 환자가 되어 집 안에 들어앉아 있으니 온갖 번뇌와 망상
이 들락거린다. 욕심으로는 여전히 뭔가를 해야 하는데 뜻대로
할 수가 없다. 공연히 자전거를 타서 이 사고를 쳤다고 스스로

화를 낼 뿐. 내려놓겠다는 마음을 내고도 내려놓지 못하는 마음을 조용히 들여다본다. 화가 난 내 마음을 천천히 끌어당긴다.

일찍 잠들었다. 깨어나니 밤하늘에 달이 벙싯 떴다. 핸드폰을 열어 음력 날짜를 확인한다. 부모님 기일이 얼마 남지 않았다. 순간 대책 없이 오래된 기억 속으로 빠져들고 만다. 어머니는 병석에 오래 누워계셨다. 가까이 두고 싶었던 막내가 머리를 깎았다는 소식에 충격을 받아 쓰러졌다고 했다. 진실한 불자였던 어머니, 죄송한 마음은 말로 다 표현할 수 없었다. 병원에서 어머니를 병간호하고 다시 절로 돌아갔다. 어머니는 퇴원 후에도 완전히 회복하지 못한 불편한 몸으로 10년을 지내다 돌아가셨다. 일 년 후에 아버지도 어머니를 따라가셨다.

어려운 사람들이 도움을 청하면 차마 거절하지 못했던 아버지는 빚보증을 자주 섰다. 그런 아버지 때문에 어머니는 평생을 마음고생하며 살았다. 아버지는 이번만 도와주면 금방 갚을 수 있다는 친구의 말을, 이웃의 약속을 곧이곧대로 믿었던 천진불 같은 분이셨다. 또한 나에게는 한없이 다정하고 사랑을 듬뿍 준 좋은 아버지였고, 남에게는 잘 퍼주기만 한 이웃이었지만, 어머니에게는 나쁜 남편이었다.

달 밝은 밤, 이국땅에서 부모님을 생각하니 고향 집 전경이 고스란히 떠오른다. 달빛 아래 평온하게 잠들던 오래된 그 집이.

워크퍼밋 받는 날

아침 6시, 집을 나와 나이로비로 향한다. 해가 뜨는 하늘 저편에 둥근 달이 그대로 아침을 맞이하고 있다. 이토록 신비로운 풍경이라니. 우주의 질서가 어떻든 오늘 아침 케냐의 하늘은 완벽한 시공의 평행을 이룬 것만 같다. 이 신비한 아침 풍경을 선물 받은 것에 감사한다. 동쪽 들판에 얼룩말들이 나와 있다. 사진 속 풍경처럼 선명한 줄무늬가 볼수록 아름답다. 그런데 얼룩말 무리는 가만히 서서 움직이질 않는다.

그 모습에 감탄하며 달려가는데, 차에 치인 얼룩말 사체가 도로 가장자리에 놓여있다. 도로를 횡단하던 얼룩말이 사고를 당한 것이다. 이곳에서는 얼룩말 뿐 아니라 여러 동물이 사고를 당한다. 도로 옆으로 내동댕이쳐진 자동차도 보인다. 운전자도 많이 다쳤을 것 같다. 모르는 사람들은 이 넓은 들판에 무슨 교통사고냐고 할지 모르지만 사고는 생각보다 자주 일어난다. 도로를 질주하던 자동차들이 동물들을 발견하고 급제동을 걸지만 때는 이미 늦은 것이다. 그런 사고는 인간이 속도를 제어하지 못해 일어난다.

나이로비로 워크퍼밋을 받으러 간다. 그동안 워크퍼밋 발급이 안 돼 NGO로 활동하는 데 불편함이 많았다. 이민국 담당관을 만나야 해결할 수 있는데, 일방적으로 바람맞은 것이 여러 번이다. 오전까지 틀림없이 나온다고 하더니 점심때쯤 다른 일이 생겨 못 온다고 연락할 때는 쫓아가서 멱살이라도 잡고 싶다. 이곳 사람들 특징 중 하나가 약속을 잘 지키지 않는 것이다. 어쩌면 그렇게 아무렇지 않게 일방적으로 약속을 파기해버리는지. 처음에는 그 화를 가라앉히느라 무던히도 힘이 들었다. 미안하다는 말도 없다. 그나마 연락해 주면 다행이라고 한다. 아무튼 숱하게 어그러진 이민국 직원과의 약속은 언제나 반신반의할 수밖에 없다. 그 때문에 농장 직원들에 대한 이미지까지 흔들리곤 했다.

내가 워크퍼밋을 받게 되었다고 여러 사람이 기뻐해주었다. 이제 공식적으로 신분을 증명하는 증명서가 나왔으니 자동차를 알아볼 생각이다. 그동안 현장에 나갈 때마다 택시를 이용해야 했다. 편리한 점도 있었지만 불편한 점도 많았다.

저녁 무렵에는 식구들과 마사이에코에 가서 시원한 맥주 한 잔을 나누어 마셨다. 가끔 "스님도 맥주를 마셔요?"라고 물으면 어쩌지 생각할 때가 있다. 지금은 "네" 아무 거리낌 없이 대답한다. 하지만 사실 나는 술을 마시지 못한다. 젊은 한국 직원들과 소통할 방법이 많지 않으니 이렇게라도 함께 어울리며 분위기를 맞추어주고 맥줏값도 낸다. 케냐에서 마시는 맥주는 그냥 맥주가 아니라 피로회복제이고 직원 단합을 위한 매개체이다.

오늘도 둥근 달이 떴다. 늘 뜨는 달인데도 어느 때는 노랗고 어떤 때는 얼음처럼 투명하게도 보인다. 계수나무에 옥토끼는 보이지 않지만, 오늘 달 속에는 오묘한 산골짜기가 가득 담겨 있다.

자동차

이민국 일을 끝내고 혼자 나이로비에서 자동차를 알아보러 다녔다. 가격에 맞추려니 자동차 성능이나 안전성이 마음에 썩 들지 않는다. 그렇다고 돈 때문에 안전을 포기할 수도 없다. 케냐에서 운전하려면 신경 쓸 일이 아주 많다. 지역 조사나 지역 주민 커뮤니티를 운영하면서 저녁 늦게 돌아오는 경우가 많아 밤길 운전이 많다. 야생동물도 많이 출몰하는 시골 지역이라 로드킬도 두렵지만, 위험한 건 동물뿐이 아니다.

이곳에서는 자동차 운전자를 상대로 한 강도·상해 사건도 자주 일어나는데 난데없이 나타나 흉기로 위협하거나 도로에 장애물이 놓여 있어 문제를 해결하려 차에서 내리면 패거리들이 다가와 돈을 빼앗는 경우도 있다. 이때 가진 것을 몽땅 주고도 목숨을 지키지 못하는 사고도 발생한다. 말이 통하지 않으니 협상을 하기도 어려운데 현실을 잘 모르는 사람들이 힘만 믿고 강도가 원하는 것을 들어주지 않아 목숨을 잃기도 한다. 흉포한 강도·상해 범죄를 당해도 나 같은 외국인들은 대처 방법이 없다.

나중에 자동차를 사고 나서 나이로비에 일을 보러 갔다가 공용주차장에 차를 세웠다. 일을 마치고 돌아와 보니 자동차 밑에 있던 스페어타이어를 떼어 갔다. 케냐에서는 종종 있는 일이라고 한다. 도둑을 막는 방법은 그저 조심하는 수밖에 없다. 타이어를 새로 산 뒤에는 원시적인 잠금장치를 달았는데 그 후에는 주차장에 차를 놓고도 볼일을 보는 내내 신경이 쓰였다. 이래저래 케냐에서 이방인으로 살아가는 일이 쉽지만은 않다.

몇 곳을 둘러보았지만 특별히 마음에 정한 모델이 없어서인지 자동차를 단번에 구입하기가 쉽지 않다. 에이플러스 최 사장님의 도움을 받아야 할 것 같다. 가격에서 기타 필요한 서류까지 안전하게 정리하기에는 그 방법이 최고일 것 같았다.

드디어 지부에 자동차가 생겼다. 지난 4월 이사장 스님께서 케냐 지부 시찰을 다녀가면서 주고 간 선물이다. 지부 일을 오래 하려면 필요할 거라면서 주신 차라 기쁜 마음으로 받았다. 이곳 택시는 요금도 비싸고 소형차라 펑크가 잦았는데 주행 중 문제가 생기면 타고 있던 승객들이 내려서 차를 밀어야 한다.

지부 식구들과 자동차 앞에서 고사를 지냈다. 오랜만에 가사를 수하고 목탁을 잡고 기도하니 마음가짐이 새로웠다. 새 차를 타고 현장에 갈 때마다 감사한 마음과 함께 어깨가 무거워진다. 이사장 스님의 기대와 후원자분들의 성원을 저버리지 말아야 할 텐데…. 이런저런 생각을 하며 '나는 지금 최선을 다하고 있는가' 하고 질문해본다.

싸질로니 마을에서

아침 9시 집을 나서 작은 마을에 있는 '싸질로니 마켓데일 가축 농장'에 갔다. 이곳도 1주일에 한 번씩 장이 선다. 그곳에 가면 사람들이 사는 모습을 가까이 볼 수 있다. 시골의 작은 마을은 사는 모습이 다 거기서 거기다. 어릴 때 동네 친구들 집이나 우리 집이나 마찬가지였던 것처럼, 다리 건너 옆 동네나 우리 동네나 크게 다를 것이 없었던 것처럼 너무나 닮아 있다. 특히 이곳 케냐의 시골은 어딜 가나 물이 부족하니 커다란 물통과 물을 길어오는 작은 통이 어느 집에나 있다. 허술한 나무 울타리, 흙 마당, 흙벽, 좁은 출입문도 비슷하다. 집마다 염소를 많이 기른다. 낯선 방문객을 본 염소들이 어찌나 울어대던지 마치 갓난아기들이 한꺼번에 울어대는 것 같다. 그래도 이곳 사람들은 얼마나 다행인가. 자립할 의지가 있고 그것을 뒷받침해주는 염소가 있어서. 정말 아무것도 없는 사람들이 자립할 수 있는 길은 아득하기만 하다.

동네 작은 카페에 들러 우유에 홍차를 우려서 끓여주는 짜이 한 잔과 짜파티를 시켰다. 짜파티는 케냐의 주식으로 밀가루 반죽을 얇게 펴서 달궈진 팬에 구운 음식이다. 먹기 좋은 크기로 잘라서 소고기 스튜를 얹어 먹는다. 시장에서 염소 고기를 사가기로 했는데 정작 고기를 파는 사람들이 나타나지 않는다. 현지 직원은 외국인들이 고기를 사러 오면 비싸게 판다며 우리보고 짜이나 마시고 있으란다. 그러나 기다리는 시간은 길어지고 작은 카페 안은 답답해서 밖으로 나왔다. 파랗고 말간 하늘과 순백의 아카시아꽃을 본다. 미세먼지도 없고 잿빛 구름도 없는 하늘, 가까이 다가가면 꽃향기가 있으려나 싶지만 그저 바라보는 것으로 만족한다. 어딜 가나 눈에 띄는 차림이니 마음 내키는 대로 행동할 수가 없다.

음식은 몸을 보호하는 외에도 사람들과 좋은 관계를 맺는 데 중요한 역할을 한다. 함께 밥을 먹고 차를 마시는 동안 서먹한 관계가 누그러진다. 한두 번 밥을 먹으면 낯설고 이질적인 감정이 사라져 친구가 된 느낌이 든다. 이방인이 자신들이 만든 음식을 맛있게 먹는 모습을 보면 완벽하게 자신들을 받아들이고 이해한다는 감정을 갖게 되는 모양이다. 처음에는 무관심으로 일관하던 사람들이 가까이 다가오고 집으로 초대도 하는 걸 보면 역시 공양을 함께 한다는 것은 경계심을 내려놓는다는 의미다.

케냐 사람들은 정이 많다. 귀한 손님이 오면 차를 내오고 음식을 대접하는 데 최고의 음식이 염소 고기로 요리한 음식이다. 특히 쇠고기나 염소 고기를 숯불에 구운 야마초마가 그중 하나다. 정성을 다한 음식을 먹지 못한다고 손사래를 쳤다면 그들은 나를 어떻게 대했을까. 자신들의 성의를 무시하는 것은 물론 믿지 못할 이상한 무중구라고 생각했을 수도 있다. 무중구는 외국인을 부르는 스와힐리어다. 그들이 내 신앙의 계율을 알 수 없으니 어느 것 하나 있는 그대로 나를 받아들일 수 있었을까. 모든 음식과 물질이 그들의 하나님이 주신 것이라고 믿는 사람들이 아닌가. 역시 상대를 잘 알려면 상대의 문화를 알고 이해하려고 노력해야 한다. 그중에서 가장 쉬우면서도 어려운 음식문화는 말해 무엇 하겠는가.

늦장을 부리던 사람들이 드디어 나타났다. 흥정이 잘 됐는지 현지 직원 옴포예가 염소 고기를 들고 온다. 한국처럼 고기를 깨끗한 봉지에 담거나 종이로 제대로 싸서 가져오는 것도 아니다. 붉은 고깃덩어리가 온전히 드러나게 덜렁덜렁 들고 온다. 나는 무의식적으로 고개를 돌린다.

지부에서 나는 자주 요리사가 된다. 한국에서 가져온 식자재로 한식 상을 차리기도 한다. 고된 일을 마치면 현지 직원들까지 불러 식사를 하는데 이제 이 사람들도 한국식을 좋아한다. 염소 고기로 바비큐 파티를 하면 직원들은 아주 흡족해한다. 곳간에서 인심 난다는 말처럼 조금 고생스러워도 밥 한 끼를 나누는 일은 모두가 행복해지는 비결이다. 밥을 먹으며 조금은 소원한 관계도 풀고 하고 싶었던 말도 에둘러 전할 수 있다. 모두가 애쓰고 돌아오는 길, 몸은 피곤하지만, 마음만은 아주 평화롭다. 저 푸른 하늘과 들판이 있는 대자연처럼. 그 속에 깃들어 있는 내게도 지금은 온전히 평화로운 시간이다.

같이가치 모금

현지 직원 음포예의 서른여섯 번째 생일을 맞아 식빵으로 케이크를 만들어 축하했다. 점심으로는 마당 한쪽에 심었던 상추와 배추, 시금치, 케일 등 채소를 뜯어다 해결했다. 그는 두 아이의 아빠지만, 용맹한 마사이 남자답지 않게 애교가 많아 믿음직스럽기보다는 사랑스러운 친구다. 가끔 일하다 땡땡이를 쳐서 내게 혼나지만, 사교성이 좋아 사람들을 많이 알고 있고 덕분에 우리 지부에도 도움이 된다. 그는 식빵 케이크에 감동한 건지, 우리들 마음에 감동한 건지 눈망울이 촉촉해졌는데 그 모습마저 사랑스럽다.

간소하기 이를 데 없는 직원의 생일잔치를 하면서도 나는 배고픈 아이들이 걸려 마음이 불편하다. 지구촌공생회에서는 올 마피테트 초등학교 어린이 급식을 지원하기 위해 카카오 같이 가치 모금캠페인 '1만 원의 위력을 보여주세요'를 진행했다. 4~7킬로미터를 걸어서 집으로 돌아가는 케냐 아이들이 콩과 옥수수를 넣어 끓인 끼데기를 마음껏 먹고 갈 수 있도록 하기 위해 도움을 청한 모금에 많은 네티즌 후원자들이 참여해 아이들에게 든든한 점심을 지원할 수 있게 되었다. 한 끼의 점심이지만, 이 점심을 통해 케냐의 아이들은 힘을 내 공부하고 운동할 수 있다. 아이들은 제대로 된 세 끼 식사는 생각도 못 하고, 단 한 끼만이라도 마음껏 먹으면 다행이다. 건강 상태도 영양 상태도 엉망인 아이들의 한 끼 식사비는 800원, 한창 자라날 아이들의 두뇌와 신체 활동에는 다양한 영양소가 필요하다. 2,736명, 동참해 주신 네티즌들께 진심으로 감사한다.

행운의 날

은행에 들러 지부 운영비를 찾고 환전하여 돈을 은행 계좌에 넣어 두었다. 바로 쓸 일도 있어 웬만하면 현금을 찾아 가져가고 싶었다. 은행에 자주 나오는 번거로움도 없애고 시간도 절약하기 위해서였다. 하지만 이곳에서 많은 돈을 들고 다니는 것은 매우 위험한 일이다. 어느 지역이나 범죄는 일어나고 이곳에서도 노상강도라는 무시무시한 범죄가 자주 일어나니 미리 조심하는 게 상책이다.

견물생심이라는 말이 있듯이 물자가 부족한 사람들은 당장 눈앞에 보이는 물질에 마음이 흔들리게 마련이다. 물질은 사람의 마음을 혼탁하게 하고 요상하게 작용시킨다. 돈을 노리는 사람들은 돈 냄새를 잘 맡는다고 한다. 이곳에서도 돈 냄새를 잘 맡는 사람이 있는지 심심찮게 강도 사건이 발생한다. 부족한 경찰력 때문인지 처벌이 약해서인지 모르지만, 일단 강도당해 빼앗긴 돈은 절대 찾을 수 없다고 한다. 한국에서는 CCTV가 있어서 지나가는 사람까지 파악할 수 있지만 이곳은 그런 것과는 거리가 먼 곳이니 당한 사람만 억울하다. 유비무환, 만약의 사태를 대비하는 것만이 이곳에서 안전하게 사는 방법이다. 먼저 조심하고 나쁜 결과를 불러올 만한 행동을 하지 않는 것이 이곳에서 제대로 살아가기 위한 지혜로운 태도이다.

오랫동안 골치를 썩이던 일이 해결되어 오늘은 마음이 상쾌해졌다. 공사하고 남은 대금을 돌려받지 못했던 업자를 은행에서 만나 일을 잘 마무리한 것이다. 직무상 꼭 해결해야 하는 일이었기에 늘 마음이 쓰였고 부담도 컸다. 언제, 어떤 방법으로 이 과제를 해결해야 하나, 큰 숙제로 남았던 일을 해결하니 길거리에서 노래라도 부르고 싶은 심정이었다. 좁은 지역사회에서 언젠가는 또 만나야 할 사람이었다. 학교며 농장이며 시설을 관리할 때도 필요한 사람일 텐데, 얼굴을 붉히며 감정을 상하게 되면 그다음에는 함께 일하기가 불편한 건 뻔한 일이다. 그래서 어떻게 하면 조용히 해결할 수 있을까, 기도하고 또 기도하면서 기다리고 있었다.

그 사람들에게 한번 들어간 돈을 다시 받아낸다는 것은 절대 쉬운 일이 아니다. 법적으로 대응을 하기도 하고 경찰이 중간에 끼어 커미션을 받고 해결해주기도 한다. 하지만 그런 방식으로 일을 해결하고 나면 우리 단체는 지역에서 나쁜 단체가 되어 있을 때가 있다. NGO활동을 하러 와서 원주민인 자기들을 힘들게 한다는 이상한 논리를 가지고 있기 때문이다. 그렇기에 오늘은 정말 행운의 날이라고 할 만하다.

집으로 돌아와 인키니에서 온 새 업자를 만났다. 미팅하는 동안 꼼꼼하고 친절하게 설명하는 그에 대해 신뢰가 갔다. 부처님께서 좋은 인연을 만나게 해주셨다는 생각이 들었다. 여러 면에서 그와 내 생각이 잘 맞아떨어졌다. 계약하고 뿌듯한 마음으로 하루를 마무리할 수 있어 다행이다.

음악회

나이로비를 향해 마타투를 탔다. 나이로비에서 아마추어 오케스트라 연주회가 열린단다. 음악회에 초대를 받았으니 귀를 즐겁게 해보려고 길을 나섰다. 인구 3백만 명의 나이로비는 동아프리카에서 가장 큰 도시다. 나이로비라는 이름은 지역의 토속어인 마사이어로 '에와소 니이로비', 또는 '엥카레 나이로비'에서 유래했는데 '시원한 물'을 뜻한다. 해발 1,700미터 고지의 도시는 서늘하고 상쾌하다. 오래전부터 마사이족과 키쿠유족의 거주지였던 이곳이 1899년 철도 부설의 전진기지로 쓰이며 변화를 시작했다. 철도 부설이 끝난 후에는 마차코스에 있던 행정기관들이 나이로비로 옮겨오며 새로운 수도가 되었다. 국제공항이 있어 외국기업과 문화시설이 많고 각종 국제회의도 열린다. 도시 곳곳에 삼성, 엘지 등 한국 기업은 물론 세계적인 기업들이 들어와 있다. 하이웨이 몰에는 엘지 간판이 선명하고 고층 빌딩 전면에 코카콜라 광고도 눈길을 끈다. 오랜만에 나이로비 행이라 밀린 일도 보고 하루를 머물 생각이다.

케냐에 와서 이런 날도 있다니. 설레는 마음으로 도착해 연주를 들었다. 아마추어 오케스트라 연주였지만, 멋진 공연을 보면서 한국에서 플루트를 좀 더 열심히 연습할 걸 하고 반성했다. 복지관에서 어르신들께도 들려드리고 쓸 일이 많은 플루트였는데 일이 바빠 툭 하면 수업을 빼먹었다. 그러고 보면 플루트를 부는 일도 도에 이르는 길과 다르지 않다. 정확하게 음정을 잡고 박자를 맞추는 일에서부터 고운 소리를 내기까지의 과정이 만만치 않기 때문이다. 무조건 고운 소리를 내려고만 해서도 안 된다. 그 곡의 분위기에 맞는 소리가 필요하다. 비가 오는 장면이라면 빗소리처럼, 그것도 장대비가 내릴 때와 이슬비가 내릴 때 느낌이 다르듯 한 호흡마다 아주 섬세한 연주 감각이 필요하다. 이렇게 이야기하면 내가 대단한 플루트 연주가라도 된 듯 보이겠으나 사실은 완전 초보 단계에 머물고 있다. 다만 마음만은 이미 전문가 못지않은 바른 연주 태도를 알게 되었다는 의미다.

한국에서는 어르신들을 위한 연주를 위해 가요도 몇 곡 불고 클래식한 곡도 연습했지만, 지금은 그마저도 한국에 두고 왔으니 처음 악기를 잡았을 때와 크게 차이가 나지 않는 실력일 것이다. 생각해보니 이곳에 가져와 틈나는 대로 연습을 해도 좋았을 것 같다.

모처럼 좋은 연주를 듣고 나니 농장에서 온종일 땀 흘리며 일하고 난 뒤의 상쾌함이 느껴진다. 노동이 주는 희열이 좋은 음악을 듣는 행복과 동일하다니. 음악당에서 나와 걷는 동안 베토벤의 교향곡이 귓전에 맴돌아 발걸음이 가볍다.

브루셀라병

두통과 함께 열이 나고 오한까지 겹쳐 자리에서 일어날 수가 없다. 무슨 일일까, 그저 과로 탓만은 아닌 느낌이다. 견디다 못해 병원에 갔더니 브루셀라병에 걸렸다고 한다.

케냐에 오면서 가장 걱정했던 것이 풍토병에 걸리는 것이었는데. 의료시설이 부족한 곳이어서 어떤 병이든 발병하면 치료하기가 쉽지 않다.

브루셀라병은 브루셀라에 감염된 동물로부터 사람이 감염되어 발생하는 인수공통감염증이다. 저온살균하지 않은 우유나 생치즈, 버터, 그리고 아이스크림 등이 흔한 감염 경로이지만, 전염된 고기를 먹는 경우에도 발병한다. 지난번 후원하는 어린이집을 방문했다가 부모가 대접한 짜이를 그냥 마신 게 원인인 모양이다. 2~4주의 잠복기를 거친 후 증세가 서서히 발생하기도 하며 발열, 오한, 식욕부진, 두통, 그리고 근육통 등 전신에 증상이 발생할 수도 있다고도 한다. 피로감이 몰려와 도저히 일할 수 없다. 혈액을 따라 이동한 균에 의해 염증이 생기기 때문에 혈액 청소도 해야 한다고 한다.

피검사와 혈압검사, 소변검사 등등 3시간 넘게 검사를 하느라 온몸에 기운이 빠져 기절할 지경이다. 거기에 병원비를 정산하는데 500달러란다. 맙소사! 아파서 놀라고 비싼 의료비에 또한 번 놀라고 만다. 혈압이 올라가 어지럽기까지 하다. 이럴 땐 몸과 마음을 쉬어줘야 한다. 교무님이 있는 타라에 가서 잠깐 쉬어야겠다. 골치 아픈 일들을 잠시 내려놓고 내 몸과 마음을 제대로 돌본 뒤에 다시 시작해야겠다. 그동안 너무 일에 매달려 몸을 돌볼 시간을 갖지 못한 게 사실이니 누구를 원망하랴. 한 템포 쉬어가라는 뜻으로 받아들이고 쉬자. 지금부터 휴식.

직원 연수

현지 PM들과 연수를 가기로 했다. 현지에 좀 익숙해지고 나니 일에 효율을 높이고 싶은 욕심이 생긴다. 현지 PM들이 조금만 더 노력하면 현장을 이끄는 기술이나 필요한 행정 업무도 익숙해질 듯한데 아직은 아쉬움이 있다. 그동안 지부에서 절약한 비용을 모아 아름다운 관광 휴양지 몸바사Mombasa를 향해 떠난다. 이곳 마사이 마을 사람 중에는 성인이 된 후에도 고향을 벗어나지 못한 사람이 흔하다. 버스 등의 대중교통수단도 이용하기 쉽지 않은 곳이니, 기차나 비행기를 타는 것은 상상하기도 어렵다. 지부에서 일하는 사람들은 넓은 세계를 보고 변화하는 세상을 아는 것만으로도 사고의 범위를 확장할 수 있을 것이다. 경비와 시간 등 모든 면에서 준비가 쉽지 않았지만, 과감하게 이들과 함께 떠난다.

첫해에는 버스를 타고 13시간을 달려 몸바사로 갔다. 버스에는 기사가 둘이었다. 운전을 교대로 하며 밤이고 낮이고 버스는 달렸는데 차 안에는 시끄러운 음악이 요란했다. 워낙 장거리를 달려야 하니 지루함과 졸음을 막기 위한 방편이었으리라. 차비는 12,000원으로 저렴한 편이지만 허리는 결리고 다리는 저리고 온몸이 천근만근이었다. 비행기를 타고 가야 할 정도의 거리를 버스로 갔으니 당연한 결과였다. 지금도 첫 여행 중 기억에 남는 것은 무척이나 힘들었다는 점이다. 그런 생고생을 했으니 올해는 새로운 도전을 하기로 했다. 드디어 비행기를 타고 가는 연수를 기획했다. 준비는 끝났고 이제 남은 일은 진행만 잘하면 된다.

몸바사에서는 2박 3일 동안 머물 집을 빌렸다. 살뜰하게 장도 보고 해야 할 일도 분담했다. 아침 식사는 현지인들이, 점심은 한국인들이 하기로 당번을 정했다. 서로를 위해 한 끼 식사를 책임지는 일은 마음을 전하는 것만큼이나 중요한 일이다.

꼼꼼하게 연간 계획도 세우고 사업별 세부 계획도 세워 발표하게 했다. 열심히 준비하는 직원들의 모습을 보니 이번 연수에 대한 기대가 크다. 사업 계획에 대한 발표에 PM들이 자신감을 얻은 태도를 보인다. 이 먼 곳까지 연수 온 보람이 있다.

현지인 대부분은 바다를 처음 보았다. 몸바사의 푸른 바다는 인도양과 맞닿아 있다. 끝없이 넓은 바다 앞에서 모두의 얼굴에

이곳 마사이 마을 사람 중에는
성인이 된 후에도
고향을 벗어나지 못한 사람이 흔하다.

웃음이 사라지지 않는다. 특별한 일도 없는데 괜히 웃음이 비실비실 나오고 몸이 흔들린다. 모래사장으로 하얀 포말을 일으킨 물결이 다가오자 모두들 깜짝 놀라 뒤로 물러선다. 철썩철썩 밀려오고 밀려가는 파도 소리만으로도 더위가 싹 가신다. 누가 먼저랄 것도 없이 사람들이 바다를 향해 달려 나갔다. 저 파란 인도양의 출렁이는 파도 속으로 GO.

몸바사는 케냐에서 두 번째로 큰 도시다. 현대적인 휴양도시로 발전한 지금은 세계 어느 휴양지와 비교해도 손색이 없는 아름다운 곳이다. 고급 리조트가 들어선 곳은 외국인 이용객이 대다수이고 스노클링, 배 체험 등 다양한 해양 레포츠도 즐길 수 있다.

몸바사 구시가지에는 다양한 건축양식이 들어서 있다. 영국, 인도, 아랍, 오만, 중국 등 많은 나라와 교류한 덕분이다. 동아프리카 제1 항구도시 몸바사는 해양 경제 중심지로 인접한 내륙 국가인 우간다, 르완다, 부룬디, 남수단 등으로 들어가는 물류의 도착점인 동시에 내륙 운송로의 출발점이기도 하다.

국제화된 도시이니만큼 다양한 음식을 맛볼 수 있다. 짜파티는 인도에서 들여와 대중화한 것이다. 우갈리는 시마라고도 부르는데 옥수숫가루나 카사바로 만들며 우리나라 백설기와 유사한 음식이다. 수쿠마 위키는 '일주일을 늘리다'라는 의미를 가진 음식으로 케일을 잘게 썰어 볶은 후 우갈리와 생선 요리, 고기와 함께 먹는다. 고기 요리로 빼놓을 수 없는 야마초마는 쇠고기, 염소 고기를 숯불에 구운 바비큐 요리고 음쉬카키는 쇠고기, 닭고기를 꼬치에 꿰어 숯불에 구워 먹는 음식이다. 카랑가는 스와힐리어로 땅콩인데 감자와 고기를 넣어 끓인 서양의 스튜 요리다. 그 밖에도 삶은 감자를 으깨 녹색 채소와 옥수수 알갱이, 콩을 넣은 이리오가 있는데 키쿠유 사람들이 좋아하는 음식이다. 마툼보는 소나 염소의 내장에 고깃덩어리를 잘게 저며 채워 넣고 숯불에 구운 뒤 썰어 먹는 요리로 우리나라 순대를 구워 먹는다고 생각하면 될 것 같다. 사모사는 인도·파키스탄계 이주민들을 통해 들어온 요리다. 밀가루로 만든 전병에 잘게 다진 고기와 양파, 고추 등으로 소를 만들어 채운 후 기름에 튀긴 것인데 독특한 마름모 모양의 튀김만두다. 채식주의자를 위한 야채 사모사도 사랑받는 음식이다.

수많은 전란을 겪은 이 나라의 아픈 역사를 볼 수 있는 곳으로 포트 지저스(Fort Jesus)가 있다. 군대의 요새인데 유네스코 세계문화유산으로 지정되었다.

혼자 몸바사 해변을 걷고 있으면 젊은 남자가 다가온다. 자신이 좋은 친구가 되어주겠단다. 순간 당황스럽긴 하지만 내가 어떤 일을 하는 사람인지 설명해주었더니 그는 쿨 하게 퇴장한다.

남자와 여자를 불문하고 혼자 여행하는 사람에게는 젊은이들이 접근해온다. 그중에는 생활비를 벌기 위한 사람도 있고 고급 휴양지를 즐기고 싶은 사람도 있다고 한다. 급격하게 빈부 격차가 벌어지는 동안 소비와 향락산업이 급성장했고 수많은 젊은 이들이 화려한 휴양타운 안으로 돈을 벌기 위해 들어온다. 국제 휴양도시 몸바사의 숨겨진 얼굴이다.

마다라 카 데이

매년 6월 1일은 케냐 정부 수립 기념일이다. 이곳 말로는 '마다라 카 데이'라고 불리며 '마다라 카'는 힘과 책임, 통치를 의미한다. 케냐는 1920년 영국의 식민지가 되었고 37년 만인 1957년 최초의 선거를 통해 초대 대통령인 조모 케냐타 대통령이 정부를 구성하게 된다. 그로부터 6년 뒤인 1963년 영국으로부터 자치권을 획득하여 완전한 자체 정부를 수립한다. 드디어 긴 식민의 역사가 막을 내린 것이다.

'마다라 카 데이'는 특별한 날이므로 퍼레이드와 화려한 공연이 열리는데, 나도 행사에 초청되어 참석하였다. 카지아도주 데이비드 응케디엔네 주지사를 비롯해 소방서장, 경찰서장 등 지역 인사들이 모두 참석한 자리였다. 행사장은 케냐 국기를 상징하는 검정색, 초록색, 붉은색 천으로 장식되고 흰 커버를 씌운

의자가 놓여있다. 붉은 옷을 입은 합창단, 고적대, 군악대도 줄을 맞추어 서 있다. 운동장 가운데 국기를 게양하는 단이 설치된 곳까지 붉은 카펫이 깔려있어 마치 작은 영화제를 보는 것 같다.

기념식장 앞줄에는 독립유공자들이 많이 참석했는데 그중 휠체어를 탄 한 사람이 눈에 들어온다. 사지가 거의 절단되어 오른팔만 겨우 남은 심각한 장애를 가진 노인, 그런 몸으로도 매우 평온하고 진지한 얼굴로 앉아 있다. 역사를 잊는 민족에게 미래가 없다고 했다. 오늘 행사는 나라를 지킨 독립투쟁 영웅들을 존중하고 역사를 잊지 않기 위한 것이다. 또한 더 나은 케냐의 미래를 가꾸기 위한 자리이다. 기념식이 이어지는 동안 민족·독립·자유·영혼·투쟁·미래·기억 등등 수많은 낱말이 떠올랐다. 괴로운 일을 기억하고 잊지 않으려 노력하는 과정에서 아픔이 치유되고 상처가 아무는 것이다.

설날

설날이다. 아침에 일어나 부처님 전에 예불을 모시고 다시 잠을
청해보지만 잠을 잘 수가 없다. 며칠째 무거운 몸을 뒤척이다
수면제를 먹어야 잠을 잘 수 있었다. 결국 일어나 주방으로 간
다. 오늘 현지 직원들과 한국 음식을 만들어 먹기로 했다. 옴포
예가 고구마를 사서 들고 왔다. 200실링을 줬다고 한다. 필립은
경찰이 도로를 차단하고 있어 조금 늦겠다고 한다. 필립에게 기
름과 밀가루를 사 오라고 했다. 조셉은 아직 안 오고 있다. 한참
음식을 준비하는데 밖에서 사람들 소리가 난다. 세금 문제 때문
에 주 정부에서 직원이 왔다고 한다. 현지 직원 및 한국 스태프
들의 원천징수 때문에 온 거 같다. 골치 아픈 일이 생긴 듯하다.
일단 준비는 해야 할 거 같아서 나와 미희는 봉사자 자격 미션
으로 처리하고 현지 직원 세금 문제는 이참에 제대로 정리해야

할 거 같다.

　매일 무슨 일이 이렇게 생기는 것인지, 사람 사는 곳은 어디나 문제가 생기기 마련이지만 참 분주하다. 그래도 별일 아닐 거라고 생각하고 흥을 내본다. 떡국이 맛있다. 오늘 윷놀이 대회의 우승은 제민이었고 우리들의 무술년 설은 이렇게 지나가고 있다. 또 한 살을 먹었다. 한 해를 더 산만큼, 딱 그만큼 공부가 되었을지 모르겠다.

케냐의 세금

월요일, 일주일이 시작되는 날이다. 세무서에서 나온다고 한다. 또 어떤 트집을 잡아서 돈을 빼갈까? 한국 식구들의 소득세 문제를 들고 나오면 나는 꼼짝없이 세금을 내야 한다. 그것도 3년 치나 한꺼번에. 한 500만 원 정도?

국제협력팀으로 활동을 하면서 세금을 낸다고 하면 많은 사람들이 의아해 한다. 자기네 나라를 도와주러 온 사람들인데 사업 명목으로 세금을 내야 한다니 말이다. 다행이 오늘은 한국 PM에 대해서 아무런 이야기도 꺼내지 않는다. 현지 직원들과 그동안 우리가 해온 사업들에 대해서 이야기를 한다. 이야기를 들어보니 지부에서 4천2백만 원 정도 과징금을 내야 하고 벌금은 따로 내야 한단다. 웃음이 나왔다. 우리는 어려운 상황에서도 필요로 하는 것을 마련해 이 나라 사람들에게 주는데, 공사

계약을 할 때도 16%세를 부과한다. 공사업자는 세금을 내야 하고 우리는 이런 사업을 했다는 것을 신고해야 된단다. 기가 막혔지만 그래도 협상을 했다. 결국 120만 원으로 합의를 보았다. 3시간 동안 이 문제를 가지고 공무원과 실랑이를 했다.

일주일의 시작을 이렇게 요란하게 했다. 결국에는 영수증 처리도 못하는 돈을 세무 공무원들에게 주고 말았다. 공무원은 참으로 중요한 사람들이다. 언제쯤 제대로 된 생각을 가진 케냐 공무원을 만날 수 있을까. 씁쓸한 기분이 드는 날이다.

그레이스

쓸데없이 나의 오지랖이 발동했다. 엘리자베스가 일하는 아줌마를 구해달라고 하기에 목사님 댁에서 일하던 그레이스를 소개해주었다. 열네 살에 아이를 낳은 그레이스는 목사님 댁 학교에서 주방장으로 일했다. 그런데 사모님의 고함 때문에 일을 그만두었다고 해서 약간 마음에 찔렸다. 소리 지르는 것으로 치면 나도 둘째가라면 서운한 사람이기 때문이다. 진짜 자랑은 아니고 마음에 걸려서 하는 말이다.

그레이스에게는 열두 살과 아홉 살이 된 아이가 있다. 일을 그만두고 무엇을 했냐고 물었더니 짜파티를 구워 팔았다고 한다. 열심히 구워 팔아도 한 달에 24,000원 정도의 돈밖에 벌 수 없었고 이 돈으로 살기는 너무 힘들다고 했다. 엘리자베스가 한 달에 10,000실링, 우리 돈으로 120,000원을 주기로 했다. 처음에는 적은 돈이지만 일을 잘하면 조금씩 올려준다고 한다. 먹을 것과 잠자리가 제공되니 알뜰하게 돈을 모으면 아이들을 학교 보내는 것도 큰 문제가 없을 거 같다.

새벽에 그레이스와 제인과 함께 나이로비에 나가 면접을 보고 사우나에 데리고 갔다. 이들은 처음 해보는 사우나가 신기하면서도 즐거운가 보다. 하기야 물이 귀한 나라인데다 형편이 어려우니 물을 충분히 쓰는 것만도 행복한 일이다. 게다가 따뜻한 물이 나오는 곳이니 더 좋아한다. 그렇게 세 시간을 사우나에서 놀았다. 나를 위해 한 달에 30만 원도 안 쓰는데 두 사람을 데리고 와서 좋아하는 것을 보니 돈을 제대로 쓰는 재미가 있다.

돌아오는 길에 현지 식당에서 야마초마와 우갈리, 계춘발이, 수쿠마로 점심 겸 저녁을 먹었다. 적어도 한 달에 한 번은 제인을 데리고 사우나에 와야겠다는 마음을 먹었지만 잘 지켜질 수 있을지는 모르겠다.

단비

하늘을 본다. 미세먼지라고는 찾으려야 찾을 수 없는 파랗고 파란 하늘을. 비 오는 풍경도 이곳에서는 특별하다. 지상으로 내리는 빗줄기, 사선으로 하나씩 그어지는 빗자국이 그대로 보인다. 미친 듯이 퍼붓던 비가 멈추면 하늘에는 쌍무지개가 커다랗게 뜬다. 금방이라도 잡힐 듯 커다란 무지개가 뜨면 할 일 없는 사람처럼 무지개를 바라보며 노래를 부른다. 레퍼토리가 떨어지면 동요도 부른다. 흥얼흥얼 어릴 적 부르던 노랫말이 기억나서 흥이 난다. 아름다운 풍경 때문일까. 케냐의 하늘을 표현할 수 있는 말을 찾아보지만, 그냥 아름답고 찬란하다. 아침 일찍 마당에 나가 하늘을 올려다보면 그날의 날씨를 웬만큼은 알 수 있다. 혼자 마당에 서서 오늘은 뜨겁겠구나, 구름이 많겠구나, 먼지가 많겠구나, 기상예보관처럼 중얼거린다.

내가 살고 있는 숙소 마당에는 건물 주인이 심어 놓은 큰 나무와 바나나, 소나무를 닮은 나무가 있다. 아침이면 이 나무를 찾아와 지저귀는 새들의 노랫소리가 내 기상 알람이 된다. 여러 마리가 하도 울어대니, 시끄러워서 더는 잠을 못 잘 정도다. 구석구석 살뜰하게 심어놓은 꽃이 활짝 피면 정원은 작은 공원 같다. 아, 노란 열매가 주렁주렁 달리는 망고 나무도 있다. 바나나는 키도 크고 열매도 잘 맺어서 6개월에 한 번씩 따 먹을 수 있다. 바나나 때문인지 내 방 창가에 원숭이들이 자주 놀러온다. 문을 열어 놓으면 창문으로 들어와 온갖 물건을 못 쓰게 만들기 때문에 환기도 시킬 수가 없다. 처음에는 신기해서 가까이하고 싶었던 원숭이가 지금은 불편해서 멀리하고 싶은 존재가 되었다. 때로는 녀석들이 집으로 들어오기 위해 공격적이 되기도 한다. 집 마당에는 원숭이가 있고 들판으로 나가면 톰슨가젤이 있다. 7~8월 우기에는 볼 수 없지만, 건기가 되면 톰슨가젤은 집 가까운 평원에서 뛰어 논다. 5분 정도만 걸어 나가면 넓은 평원에 무리지어 놀고 있는 가젤을 볼 수 있다.

"내 친구 가젤, 가젤!"

멀리 있는 친구를 부르듯 손나팔을 만들어 목청껏 부르면 가젤은 살랑살랑 꼬리를 흔든다. 가젤이 나를 좋아해서가 아니라 원래 엉덩이가 예민한 동물이기 때문이라고 한다.

톰슨가젤은 소과의 포유류로 가젤류 중에서 몸집이 작고

가벼운 편으로 동아프리카 동부의 사바나와 초원 지대에 서식한다. 톰슨가젤이란 이름은 스코틀랜드의 탐험가 조셉 톰슨(Joseph Thomson)을 기리기 위해 붙여졌다고 한다. 시속 80~90킬로미터 정도로 달릴 수 있고 천적은 사자와 치타, 표범, 하이에나 등이다. 지금은 서식지 범위가 좁고 개체수가 계속 줄어 2008년 기준 멸종위기등급 준위협으로 분류됐다. 머리에 달린 뿔과 앞다리에서 뒷다리까지 황토색과 크림색 사이에 짙고 굵은 검은색 줄무늬가 외형적 특성이다.

가젤과 임팔라, 치타 등은 농작물을 뜯어 먹는 선수다. 큰 잎줄기채소 근대와 케일을 심어놓으면 근대를 감쪽같이 먹고 간다. 토마토도 녀석들이 좋아하는 작물 중 하나여서 밭으로 온 녀석들이 슬쩍 서리하듯 따먹고 간다. 넓은 평원에 있는 나무 중에 엄브렐러 트리가 있다. 나무모양이 우산을 닮아서 붙은 이름인데 흰 꽃이 풍성하게 피면 그때부터 우기가 시작된다는 신호다. 우리 조상님들이 자연의 변화를 보고 절기를 만든 것처럼 이곳사람들도 자연 속 식물의 변화와 동물의 이동을 보고 절기를 알아챈다. 자연은 뛰어난 예보관이 되어 사람들에게 해야 할 일을 전하고 사람은 그런 자연과 더불어 수천 년을 함께 살아온 것이다.

작은 텃밭에 오이가 달렸다. 여린 줄기가 지지대를 타고 올라간 것이 얼마 안 된 것 같은데 제법 크게 자라 있다. 다음 월요일에는 우리 식탁에 올라올 만큼 자라겠지. 다른 한쪽에는 케일이 싱싱한 잎을 달고 있다. 요즘 매일 식탁에 올라오는 상추 덕분에 우리 식탁이 풍요롭다. 부지런히 물을 주고 살피다보니 부추도 파릇한 줄기를 키웠다. 모든 것이 준비되었으니 어서 뜯어가라고 조용히 메시지를 보낸다. 오이 밭 옆에 심은 시금치는 이제 싹이 나고 있다. 흙을 비집고 오종종하게 내민 싹이 귀엽다. 지부 곳곳에 화단처럼 가꾸는 텃밭이 있으니, 눈이 즐겁고 입이 즐겁고 마음까지 풍요롭다.

카지아도는 오늘로 삼 일째 단비가 내린다. 먼지가 풀풀 날리던 들판에 물을 머금은 풀과 나무들이 부쩍 자란 것 같다. 적당한 수분 때문인지 마음에도 조금은 여유가 생기고 세상 모든 것이 싱싱하고 발랄하고 활기가 돈다. 이 비와 함께 마사이들의 삶이 조금 더 여유로워지기를. 또한 나의 내면에 있는 번뇌도 씻겨나가기를 기도한다. 자족한 마음을 가지려 노력하는 감사한 날이다.

정월대보름

지부 식구들은 나이로비 이민국에 비자 문제로 나갔다. 국제구
호 활동을 하는 자원활동가들이지만 정기적으로 체류 기간을
확인해야 하는 번거로움이 있다. 나는 모처럼 지부에 있는 식재
료들을 점검해보았다. 가지묵나물과 고추묵나물, 시래기나물도
있다. 한국에서 꼼꼼하게 준비해온 것들이 이렇게 요긴하게 쓰
일 때가 있다. 마침 대보름이다. 해가 바뀌고 보름이 지났으니
새해 기분도 다시 한번 내보자 생각하며 이것저것 준비를 한다.
묵나물은 물에 담가서 불렸다 볶아야 하고 팥은 삶아서 찰밥에
넣기로 했다. 찹쌀을 씻고 팥을 삶고 기타 등등 오곡밥은 아니
지만 대보름 기분을 제대로 내보리라. 직원들이 돌아오기 전에
모든 것을 완벽하게 끝내 놓을 생각으로 부지런히 움직였다.

저녁 시간, 직원들이 돌아와 찰밥을 먹고 대보름에 행해졌던

우리의 민속 이야기들을 하며 한가한 시간을 보냈다.

　말을 적게 하자, 올해 나의 생활 콘셉트이다. 그런데 오늘 또 말을 많이 했다. 직원들에게 어떤 서비스도 안 하겠다고 해놓고 또 한 것이다. 나의 오지랖, 그것 역시 어리석음, 자식 같은 아이들과 감정싸움이라도 한 것 같은 아쉬움이 남아 오늘의 수행을 체크해본다. 어머니 기일이다. 아, 오늘 밤이 길고 길겠다.

쇼핑

은영이 생활용품을 사주기 위해 나이로비로 향했다. 가는 길에 엘리자베스와 약속한 숯을 사러 숯가마에도 들렀다. 한 삭에 1,300실링에 사기로 약속을 했었다. 그런데 숯 만드는 사람이 조금 뺀질거리는 것 같아 느낌이 좋지 않다.

그레이스가 오늘부터 엘리자베스 집에서 일을 시작하는 날이다. 오지랖이 넓어서 일자리를 찾는 그레이스에게 내가 소개를 했고 한 달 월급이 100,000원이라고 했다. 그 정도면 이곳에서는 굉장히 큰돈이다. 이 돈을 모아 그레이스는 두 아이를 공부시킬 거라고 한다. 숯을 넉넉히 샀더니 자동차에 미희와 민영이가 앉을 곳이 없다. 할 수 없이 둘은 시내버스를 타고 나이로비로 이동했다.

나는 오랜만에 운전대를 잡아 약간은 긴장이 됐으나 무사히 나이로비에 도착했다. 오랜만에 만난 엘리자베스의 긴 이야기를 들어주었다. 성당에 나가는 그녀는 크지 않은 조직에서 생긴 마음 아픈 이야기를 했다. 종교는 마음의 안식처가 되어야 하는데 작은 조직이 형성되면서 갈등이 시작된 거 같다. 편안한 마음의 안식처를 꿈꾸며 의지하는 곳에서 또 다른 경쟁 내지 파벌이 생긴다. 이 또한 현명하지 못한 사람들의 아집 때문이다.

버스를 탔던 두 사람이 정션에 도착했다고 하기에 데리러 갔다. 유리월드에 파견된 현정이까지 같이 와서 엘리자베스 집에서 맛있는 점심을 먹었다. 손이 크고 마음씨도 따뜻한 그녀지만, 성질이 급하고 바른 소리를 잘해 사람들과 갈등이 일어난다. 때로는 그런 모습이 나를 보는 것 같았다. 그녀의 행동과 모습을 통해 나의 문제점을 확연히 알게 되었다. 그런데도 그녀의 넉넉한 마음 덕분인지 그녀 옆에는 사람들이 늘 북적거린다. 멜론으로 디저트까지 먹고 우리는 카렌에 있는 허브 쇼핑센터에서 필요한 물건들을 샀다.

나는 정작 사려고 작정했던 레몬과 닭가슴살을 잊어버리고 계획에도 없었던 과자만 사가지고 돌아왔다. 다음부터는 메모를 잘 해야겠다. 과소비는 절대 금지. 아이들과 카페에서 차를 한잔 마시고 지부로 복귀했다. 아이들과 이렇게 가까워지는 걸까?

귀국 준비

오늘의 나는 지난 날 내 행동의 결과이니,

나는 내 행동의 상속자이다.

- 붓다

건강에 문제가 생겨 귀국을 준비한다. 요즘은 시간이 날 때마다 《금강경》을 읽고 있다. 지난 날 행동의 결과로 오늘의 내가 있다는 붓다의 말씀은 한 치의 오차도 없이 내게 다가온다. 텅 빈 사무실에서 서류를 뒤적이고 있다. 직원들은 태공초등학교 모니터링을 갔다. 예전 같으면 함께 갔을 텐데 요즘은 보고를 받는 것으로 대신한다. 자칫 무리하다 더 나쁜 결과가 올 수도 있기에 잔뜩 몸을 사리는 중이다.

올해부터는 교장 선생님들과 의논하여 학비는 매달 1,000실링씩 지급하고 나머지 돈은 보관했다가 교복과 신발을 사 주는 것으로 결정했다. 대부분의 아이들은 교복 한 벌, 운동화 한 켤레로 생활하는 경우가 많다. 집에서도 들에서도 농장에서도 교복을 입는다. 그것 말고는 입을만한 옷이 없기 때문이다. 학교 선생님들은 지난번에 사준 컴퓨터가 작동이 안 된다고 가지고 왔다. 이곳 선생님들은 필요한 물건을 사 줘도 사용할 줄 몰라서 못 쓰는 경우가 많다. 사용하다 조금만 문제가 생기면 해결할 방법이 없으니 고장 났다고 처박아두는 경우도 허다하다.

마마가 장날이라고 시장에 가서 이것저것 사오더니 옥수수를 삶아 주었다. 내 고향은 강원도, 옥수수가 많이 나는 곳에서 자라서 그런지 이곳에서 먹는 옥수수도 참 맛있다. 사람 키를 넘는 커다란 옥수숫대에 붉은 수염을 달고 익어가던 옥수수가 눈에 선하다. 연두색 껍질을 억지로 벌려 옥수수 알이 영글었는지 눌러보곤 했는데.

막상 돌아갈 날이 가까워지니 생각이 많다. 우물을 파달라, 학교에 다니게 해달라, 학교에 필요한 컴퓨터를 사달라 부탁하던 사람들의 얼굴이 어른거린다. 지역 조사를 나가 만났던 사람들과 그들이 사는 집도 떠오른다.

가장이 떠났거나 병들어 누운 집에 아내마저 새로운 가정을 찾아 떠난 경우도 있었다. 빈집에 남겨진 아이들의 목표는 단 하나, 한 끼를 해결하는 것이다. 기막힌 비극의 연속, 가난을 매

개로 벌어지는 비극은 어디서부터 시작된 것일까. 어른들의 보살핌에서 제외된 아이들이 할 수 있는 일은 하루하루를 견디며 빨리 성장하는 일뿐이다. 이곳에서 생활하는 동안 물러서서 바라보려던 정치와 사회 제도에 다시 관심을 갖게 되었다. 인간이 만든 제도와 법률은 과연 인간을 위한 것인가, 하는 회의도 생겼다. 세상 어디에나 문제는 있기 마련이지만, 사방이 꽉 막혀서 도저히 뚫고 나갈 수 없을 것 같은 현실을 볼 때마다 화가 치민다. 경제적 평등, 인류에게 있어 불가능한 명제인 줄은 알지만, 적어도 나라라고 한다면 생계유지라는 국민의 기본적인 생명권은 지켜줘야 하지 않을까. 그것도 제대로 하지 못하면서 정부 관리들은 여전히 권위적이고 공적 자금은 검은 뒷거래에 이용되고 있는 곳, 나는 이 꼴을 보려고 여기까지 와 있는가. 절망과 원망, 회의가 몰려왔었다. 하지만 그것도 잠깐이었다. 이곳의 아이들을 위해 무엇을 어떻게 더 효과적으로 도와줄 수 있을까 영특하지 못한 머리를 굴리고 있다. 문수보살님의 지혜가 필요한 때이다.

안녕, 케냐

살면서 행복했던 시간이 언제냐고 물으면 나는 어떤 이해관계도 없는 편안한 사람과 한곳을 보며 이야기하고 노래하고 시를 나누며 여행하는 시간이라고 답하겠다. 그 순간이, 그곳이 바로 극락이 아닐까 한다. 며칠 전 그런 분들과 여행을 다녀왔다. 이름하여 송별 여행. 케냐에 도착하면서부터 가고 싶었던 보고리아 호수에 다녀왔다. 영화 〈아웃 오브 아프리카〉에서 경비행기 아래로 나는 수백 마리 홍학을 보고 감탄했던 기억이 있다. 보고리아 호수는 펄펄 끓는 온천수가 특징인데 그 물에 달걀도 삶을 정도로 온도가 높아 화상을 입는 경우도 있다. 온천수는 호수뿐 아니라 주변 땅 여기저기서 솟아나는데 겨울날 아침 뱉어내는 입김처럼 드문드문 뿌연 김이 올라온다. 붉은 다리와 희고 아름다운 날개를 펼친 홍학, 시리도록 파란 하늘과 흰 구름,

녹색 산이 비친 수면, 명경지수라는 말이 생각날 정도로 호수는
맑다. 말 그대로 대자연의 아름다운 풍경을 마음껏 보았다. 홍
학을 보고 있으려니 나를 출가 수행자로 키워주신 은사스님이
생각나 새삼 감사한 마음과 그리운 마음이 일었다. 기회가 된다
면 은사스님을 모시고 다시 찾아오겠다고 다짐했다.

케냐를 떠나는 송별 파티, 케냐에서 만났던 소중한 인연들에
정말 감사하다. 학교에 가서 그 많은 아이와 눈을 마주치면 눈
물을 주체할 수 없을 것 같아 송별식은 하지 않기로 했는데, 교
장 선생님들이 못내 아쉽다며 지부로 찾아왔다. 그들이 가져온
케이크를 개봉했다. 태극기와 지구촌공생회 로고를 그려 넣은
케이크를 보는 순간 나는 그들의 진심을 느꼈다. 그냥 간단하게
하나 마련해도 될 것을 정성들여 만들어 왔다. 선물로 가져온
마사이 망토, 슈카에도 나를 위한 문구가 새겨져 있었다. 그들
과 마주앉아 그들이 쏟아내는 이야기를 듣는다. 나와 있었던 많
은 이야기가 벌써 추억이 되었다고. 나 또한 그들과의 일이 떠
올라 마음을 적신다. 한국 연수의 아름다운 기억과 보람, 돌아
와서 자신들이 얼마나 많은 변화를 가져왔는지 저마다 세세하
게 이야기하느라 끝이 날 줄 몰랐다.

"당신이 우리를 변화시켰다."

무엇보다 내 가슴에 와 닿는 말이다. 교육은 많은 것을 변화
시켰고 지금 이들은 그 열매를 얻기 위해 노력하고 있다.

"컴백을 기다리겠다."

다시 돌아오라는 말, 기다린다는 말처럼 고마운 말이 있을까. 나 또한 이곳이, 이 사람들이 그리울 것이다. 이들에게서 받은 사랑은 내 수행에 큰 밑거름이 되었다.

김미영 후원자의 편지

지구촌공생회 케냐지부 카지아도 사무국에 고요히 새벽이 온다. 후원 아동을 만나고 만해중고등학교 진공드림도서관 완공식을 보러 낯선 땅으로 멀리 날아왔지만, 지구촌공생회 케냐지부 탄하 스님과 사무국 직원들의 환대 속에서 마치 내 집에 온 듯 편안함과 익숙함마저 느낀다. 이곳은 유목생활을 하는 마사이족이 거주하고 있고 이들은 목축을 주업으로 삼고 있기 때문에 식수와 목초를 확보하기 위해 애를 쓰고 있다. 하지만 나날이 심각해지는 기후변화로 극심한 가뭄이 지속되면서 생존권까지 위협받고 있는 실정이었고, 우기라고 하지만 풀 한 포기, 나무 한 그루도 목이 타고, 길거리에서 쉬이 만나게 되는 소나 염소들도 부족한 물과 먹이를 찾아다니며 앙상한 뼈를 드러내어 안타까움을 주는 척박한 곳이었다. 비포장 돌길로 나무 한 그루의 그늘마저도 아쉬운 카지아도….

가뭄이 오면 마사이족 남자들은 목초지를 찾아 먼 거리를 이동하는데 이 과정에서 수백 마리의 가축이 목숨을 잃는 사태도 발생하고 있다. 아울러 그들의 아이들은 공부가 하고 싶어서 혹은 지구촌공생회에서 지은 학교에서 점심 급식으로 주는 콩과 말린 옥수수에 물을 부어 기름과 소금을 넣어 푹 끓인 끼대리를 먹을 수 있기에 주린 배를 채우러 두세 시간을 걸어서 학교에 나온다. 그렇다 해도 부모의 소득이 변변치 않아 교육비를 못 내 다시 집으로 돌려보내지는 안타까운 사연들을 알게되었다. 지구촌공생회에서 지은 학교들은 급식 해결을 위해 자체적으로 농장에서 농사를 지을 수 있도록 물을 끌어오는 등 나름대로 무진장 애를 쓰고 있는 모습이 역력하였다. 케냐 카지아도 지역 마사이족의 정착을 돕기 위해 개장한 인키니 농장을 방문해 양파와 고추가 자라는 모습도 볼 수 있었다. 이는 단순 구호사업 차원이 아니라 목축만이 전부인 줄 알던 현지인들에게 농업기술을 전수해 정착을 돕고 먹거리 창출 등 실제 농장도 관리하면서 자립할 수 있도록 하기 위한 것이다. 메마른 황무지나 다름없었던 이곳에 새로운 역사가 써지고 있다. 물이 없어 멀리 먹을 물을 구하러 다니는 물통을 든 마마(여인)들을 자주 볼 수 있었다. 지구촌공생회에서는 솔라 펌프 지원이나 우기에 빗물을 저장해 양파, 토마토, 무, 수박, 케일 등 농작물 재배하는 농업기술을 배우게 하였다.

마침 지구촌공생회 케냐 지부장 탄하 스님께서 어려운 학생을 돕는 일에 마음을 내보라 하시기에, 결연된 학생이 캄포타이 시탄코이(Kampotai Sitankoi)라는 만 16세 소녀였다. 가난한 양친 슬하에 1남 5녀 중 차녀, 마사이 전통가옥에서 전기도 화장실도 없는 곳에서 생활하지만, 어려운 가운데서도 뛰어난 성적을 유지하고, 교사들이 입을 모아 도와주고 싶을 정도로 학업에 두각을 보이는 학생이라고 한다. 걸어서 두 시간 걸리는 엔요뇨르 영화초등학교 6학년, 장래희망은 대통령, 책임감과 자신감이 있고 강단이 있어 적은 후원금이라도 아껴 다른 친구들에게도 혜택이 돌아가도록 해달라는 착한 학생이었다. 월 3만 원의 후원금으로 학생의 교육비와 남은 가족들의 생활비에도 보탬이 된다니 정말 흐뭇한 일이다. 차 한 잔 마시는 비용을 아끼면 후원 아동 가정의 소득기반도 조성하고, 학생의 초등교육 이수 기회도 주고, 여성인재양성이라는 깊은 뜻까지 이룰 수 있다.

막상 엔요뇨르 영화초등학교를 방문하여 캄포타이 시탄코이를 만난 날, 그 또래의 학생들이 그렇듯 서로 어색함에 많은 얘기를 나누지는 못했다. 나 역시 약간의 도움일 뿐 커다란 선행이 아님을 알기에 학생을 존중하며, 말을 아껴 꿈을 향하여 열심히 노력하라는 말만을 남기고 만난 기념으로 사진 한 컷을 찍고 돌아섰다. 돌아오는 내내 캄포타이가 계속 열심히 공부를 한다면 계속 지원을 해주리라 다짐하였다.

세상 많은 사람들 중 어떻게 이역만리에 사는 소녀와 인연이 되었을까 생각해 보았다. 나의 적은 후원금으로 한 사람의 인생을 설계하는 데 큰 도움이 될 수 있음에도 감사하였다. 케냐 방문 이후 내 생활에도 알게 모르게 큰 변화가 왔다. 깨끗한 물을 마음껏 마시고, 전기시설이 잘 되어 언제든 책을 볼 수 있는 편안한 집에서 배고플 사이도 없이 도처에 넘치는 먹거리에 감사하였다. 늘어나는 뱃살을 줄여보려 다이어트를 했던 부끄러움도, 늘 당연하게 생각하며 과하게 누리며 잘 살고 있음에 고개가 숙여진다. 케냐에 있는 엔요뇨르 영화초등학교, 올로레라 태공초등학교, 태공중고등학교, 인키토 만오중고등학교, 올로이 톡톡, 올마피테트 만해중고등학교를 방문하여 구충제와 신발과 학용품을 전달하며, 학생들의 장기자랑도 관람하고 아리랑도 부르며 함께한 시간들이 너무 소중했다. 만해중고등학교 진공드림도서관 건립도 너무 감동적이라 눈물을 흘렸다. 이곳에서 글 읽는 소리가 끊이지 않기를 기도해본다. 케냐의 열악한 교육 환경, 생활환경 개선을 위해 애쓰시는 지구촌공생회 케냐 지부 직원들의 노력에 미약하나마 응원의 힘을 보태며, 그곳의 교장 선생님들과 학부모님들, 지역사회 주민들이 함께 반갑게 맞아주시고, 마주하여 고민하고 고마워하던 가슴이 찡한 시간들을 영원히 잊지 못할 것이다.

케냐에서 온 편지

지구촌공생회가 지원하는 세 곳의 중고등학교는 6월 15일 금요일부터 중간 방학에 들어갑니다. 짧은 방학은 매 학기 중반, 일 년에 세 번 있으며 방학기간은 보통 주말을 포함하여 7일 동안 주어집니다.

학교 중간고사를 마친 후에는 짧은 방학기간을 가지며 학교 수업료 전액을 가지고 1주일 후에 학교로 돌아오며, 학교에서는 이 기간 동안 학교의 전반적인 행사내용과 학교 운영에 대한 이야기들을 학부모 면담을 통해 전달합니다. 선생님들은 모든 학생의 학업성취도를 결정하여 학습목표에 도달하지 못한 학생들을 도울 계획을 세워서 학업 성과와 진행 상황을 학부모들에게 모니터링 해줍니다. 중고등학교 학생들은 시험기간 동안 조금 더 나은 성적을 받기 위해 시험에 임하는 태도가 제법 진지합니다. 왜냐하면 중간 방학이 끝나고 학교에서는 학부모 날을 정하여 학부모가 개별적으로 모든 과목 선생님을 방문하여 자녀의 시험성적을 확인하기 때문입니다. 또한 선생님들과 아이들의 미래에 대해서도 논의를 하고 진로상담도 함께 진행합니다.

아이들은 열악한 환경에서도 부모님들이 자식들을 교육시키려고 많은 노력을 하고 있다는 것을 알고 있기 때문에 더욱더 성적을 올리기 위해 최선을 다하는 모습입니다. 때로는 부모님들이 학부모 날에 학교를 방문하지 않아 학생들은 슬프기도 하지만, 대부분의 학부모들은 아이들의 등록금을 들고 학교를 방문합니다. 케냐의 학부모들은 학교에서 진행되는 커리큘럼을 이해하고 필요할 경우 도움을 줄 계획도 세워봅니다. 케냐의 아이들이 중고등학교에 입학하는 확률은 매우 낮습니다. 그러기에 중고등학교에 진학한 아이들은 매 시간 이루어지고 있는 수업시간이 매우 소중하며 조금 더 나은 성적을 받아 장학금을 받고 학교를 다니기를 원하지만 그것은 매우 어렵습니다.

2018년 중간 학기의 중간고사가 끝난 시점 학생들은 자신들의 성적이 궁금할 것이며, 중간 방학이 끝나고 학교로 돌아오면 선생님들과 면담을 통하여 조금 더 나은 미래를 계획할 것입니다. 한국에서 아이들을 후원해주고 계시는 후원자 분들께 감사를 드리며 많은 관심 부탁드립니다.

케냐의 별

ⓒ 탄하, 2021

초판 1쇄 찍음 2021년 2월 1일
초판 2쇄 펴냄 2022년 4월 25일

지은이.   탄하
발행인.   정지현
편집인.   박주혜

대표.   남배현
기획.   모지희
마케팅.   조동규, 김관영, 조용, 김지현, 서영주
이메일   jogyebooks@naver.com
구입문의. 불교전문서점 향전(www.jbbook.co.kr) 02-2031-2070

펴낸곳.   (주)조계종출판사
          서울 종로구 삼봉로 81 두산위브파빌리온 831호
          전화 02-720-6107 | 팩스 02-733-6708
          출판등록 제2007-000078호(2007. 04. 27.)

ISBN 979-11-5580-156-7 (03800)

조계종
출판사 자비와 지혜의 눈으로 세상을 바라봅니다.